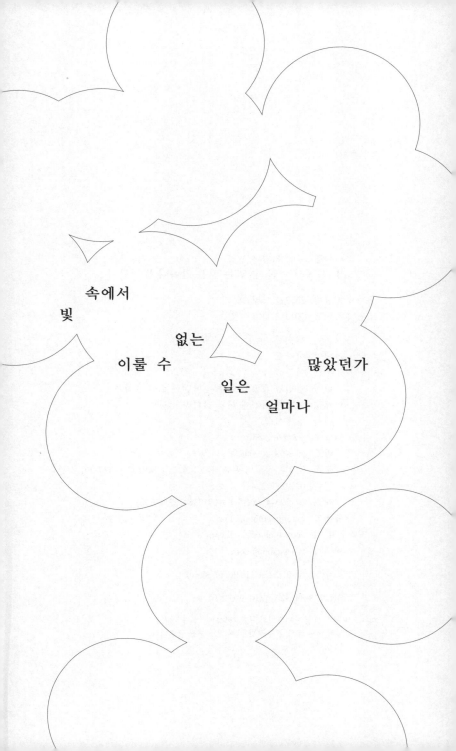

빛 속에서

없는

이룰 수   많았던가

일은

얼마나

허수경 5주기 기념 시선집
빛 속에서 이룰 수 없는 일은 얼마나 많았던가

초판 1쇄 발행 2023년 10월 3일
초판 2쇄 발행 2023년 11월 10일

지은이 허수경
펴낸이 이광호
주간 이근혜
편집 방원경 김필균 이주이 허단 윤소진 유하은
마케팅 이가은 최지애 허황 남미리 맹정현
제작 강병석
펴낸곳 ㈜문학과지성사
등록번호 제1993-000098호
주소 04034 서울 마포구 잔다리로7길 18(서교동 377-20)
전화 02)338-7224
팩스 02)323-4180(편집) 02)338-7221(영업)
대표메일 moonji@moonji.com
저작권 문의 copyright@moonji.com
홈페이지 www.moonji.com

ISBN 978-89-320-4216-9 03810

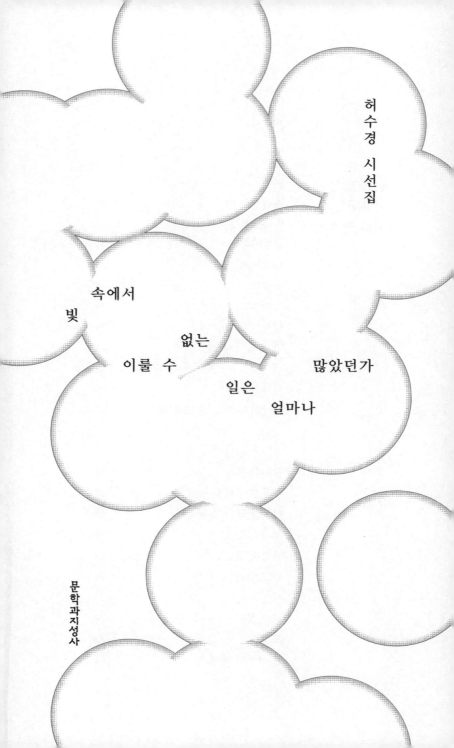

허수경 시선집

속에서
빛
없는
이룰 수
많았던가
일은
얼마나

문학과지성사

차례

빌어먹을,
차가운
심장

차례 다시

일러두기

1 이 책은 기출간된 허수경의 시집을 저본으로 삼되 맞춤법과 외래어
   표기는 현행 국립국어원 규정을, 띄어쓰기는 문학과지성사 자체
   규정을 따랐다. 편집상의 오기로 판단되는 부분도 바로잡았다.

2 저자가 의도적으로 붙여 쓴 것으로 보이는 시어, 특유의 입말이나
   어휘, 방언이나 구어체 표현은 발표 당시의 분위기를 고려하여
   그대로 살렸다. 수사 표기 또한 기존 시집을 따랐다.

슬픔만 한
　　　　거름이
　　　　　　　　있으랴
　　　　　　어디

한식

산 사람이 죽은 사람의 안부를 묻습니다.

살아 세운 허술한 집보다
단정한 햇살이 결 고운
식솔 거느리고 먼저 앉았는데

먼 산 가차운 산
무더기째 가슴을 포개고 앉은
무심한 산만큼도 벗하고 싶지 않아
우리보다 무덤이 더 할 말이 없습니다

아주 오래전 이승사람일 적
우리만큼 미련퉁이였을
그가요 살아 세운 허술한
집에서 여즉
그와 삶을 나누고 있는 우리에게요
점심밥만큼 서늘한 설움이
장한 바람에 키를 낮추는데

낮을 겨누어 베허버리는 건
누워 앉은 무덤입니다.

산소에 갈 때마다 저 둥근 무덤 속에 친밀한 육체가 들어 있다는 게 믿기지 않는다. 몸이 흙을 껴안고, 시간과 함께 서서히 허물어져 마침내 형체를 잃으며 우리를 떠난다는 것이. 그럼에도 우리는 무덤 속에 사랑하는 이가 잠들어 있기를 바란다. 그가 유독 좋아했던 사과 한 알을 들고 함께 나눠 마실 막걸리를 뿌린 뒤, 잠든 조카가 무사히 모든 것을 알게 되기를 바라며 두 번씩 절을 올린다. 돗자리 위에서 우리는 슬픔과는 영 무관한 이야기를 한다. 작년의 농담을 반복하면서. 그렇게 지나가는 시간을 말없이 응시하다가 자리를 턴다. 지난해에 가지치기했던 나무는 이전과 동일해져서 우리는 꼭 과거의 어떤 순간으로 되돌아온 것만 같다. 산소에 다녀오면 큰아버지는 한동안 현관문을 활짝 열어두었다. 영혼이 드나들 수 있도록. 산 자의 몸에 붙어온 영혼이 다시 제자리를 찾아갈 수 있게. 그 얼굴들을 보고 온 날이면 무덤보다도 할 말 없는 사이가 친밀하지 않은 사이는 아니라고 이해한다.

폐병쟁이 내 사내

　그 사내 내가 스물 갓 넘어 만났던 사내 몰골만 겨우
사람 꼴 갖춰 밤 어두운 길에서 만났더라면 지레 도망질
이라도 쳤을 터이지만 눈매만은 미친 듯 타오르는 유월
숲속 같아 내라도 턱하니 피기침 늑막에 차오르는 물 거
두어주고 싶었네
　산가시내 되어 독 오른 뱀을 잡고
　백정집 칼잽이 되어 개를 잡아
　청솔가지 분질러 진국으로만 고아다가 후후 불며 먹
이고 싶었네 저 미친 듯 타오르는 눈빛을 재워 선한 물
같이 맛깔 데인 잎차같이 눕히고 싶었네 끝내 일어서게
하고 싶었네
　그 사내 내가 스물 갓 넘어 만났던 사내
　내 할미 어미가 대처에서 돌아온 지친 남정들 머리맡
지킬 때 허벅살 선지피라도 다투어 먹인 것처럼
　어디 내 사내뿐이랴

　모든 존재의 고통이 '나'의 고통 위로 쓰러지는 일. 이것이 시인에게만 벌어지는 일이 아니라면, 인간의 살해 역사가 '나'의 전쟁이 아닐 리 없다. 그러므로 살아 있는 우리가 이미 죽은 자들의 고통에 휘말리는 것은 어쩌면 당연한 일이리라. 허수경의 첫 시집은 먼 데서 시작하는 듯 보이지만 시의 현장은 먼 데가 아니다. 시인은 죽은 존재들을 다시 낳고, 그들을 위해 쓸쓸한 밥상을 차리고, 사랑을 나누며, 그들의 고통과 회복에 현재 시제로 가담한다. 언제나 과거의 말단에 서 있는 것. 시인의 시간만 그러하진 않을 것이다.

폐병쟁이 내 사내

원폭수첩 2

밀려오는 복통으로 잠 못 이뤄 퉁퉁
부은 두 다리 주무르는
경상남도 합천군 율곡면 원폭의 밤

칠흑 같은 어둠 저 너머
소녀는 실려 가고 있었습니다

히로시마 나가사키 사십만 목숨이
일거에 도륙되던 그날
번쩍이는 섬광 눈부신 불길이 오르고
그것으로 그만이었습니다

미치게 살 타는 비릿내
구역질 나는 거리
폐허의 거리를 트럭은 시체를 싣고
미쳐 숨 놓지 못한 목숨들도
마구 싣고
바다에 버리고 불로 태우고 구덩이에 묻던

원폭의 도륙보다 더 짐승 같은
도륙 속에

트럭 꽁무니에 매달려 애원하던 소녀
온몸에 불을 뒤집어쓰고
남은 숨 모두어
통곡하던 소녀
살려주세요 난 아직 안 죽었어요

학도보국대 미쓰비시 군수공장 잡역부
검은 몸빼 목노발
검은 밥에 소금국
눈부신 꽃세월 마른버짐으로 피어나던
조선 소녀여

"살려주세요 난 아직 안 죽었어요"

경남 합천군은 한국의 히로시마라고도 불린다. 1945년 일본에 투하된 원자폭탄은 강제징용 등으로 일본에 끌려간 한국인 위에도 예외 없이 떨어졌다. 한국인 원폭 피해자 중 70~80퍼센트가 합천 사람이다. 합천군은 합천원폭자료관, 합천원폭피해자복지회관을 열어 핵의 위험성을 알리고 원폭 피해자를 지원하고 있다.

이렇게 쓰고 나면 지나가버린 아픈 역사처럼, 멀어 보인다. 그러나 전쟁의 고통은 유전을 통해 그 후손에게 이어지고 있다. 여전히 '조선 소녀'는 살려달라고, 아직 안 죽었다고 통곡한다. 「원폭수첩 2」는 우리가 조선 소녀의 애원을 외면해선 안 되는 이유를 보여준다. 그리고 말한다. 우리가 경험하는 여러 형태의 전쟁 속에서 가장 소외된 이들을 찾고, 기억해야 한다고. 조선 소녀가 현재 진행형일 때 전쟁을 멈출 힘이 생길 거라 믿는다. 이것이 허수경의 시를 읽는 또 하나의 이유다.

'원폭'이나 '도륙' '구덩이' 같은 세계를 감히 짐작할 수 없습니다. 그럼에도 이 시를 읽을 때마다 '아직' 살아 있는 '조선 소녀'를 힘껏 떠올렸습니다. 결코 소녀의 고통에 닿을 수는 없었고요. 그럼에도 계속해 조선 소녀를 떠올립니다. 여전히 고통의 '숨'은 이 세계를 함께 구성하고 있으니까요. 그저 그 숨을 느껴봅니다. 아득한 역사도 한 사람의 숨과 몸과 밤을 생각하면 점점 선명해져요. 거기서부터 시작해보려고요. 희미한 숨을 떠올리는 것에서부터. 시인이 옮겨놓은 하나의 숨처럼, 저는 여기서부터 해야 할 일을 떠올려보려 합니다.

남강시편 1

　내가 나이를 먹고 또 먹고 진날 마른날 나이를 곱절씩
먹어도 나는 계집애이고 뒷산 벌거숭이 고향산은 내 동
무일 뿐 세상은 꿈이 아니고 세상은 뻘밭 구덩이임을 진
즉 알았어야 할 터이지만 아는 것이 전부는 아니도다 나
는 계집애일 뿐 뒷산은 어릴 때 만물또랑에 빠져 죽은
내 동무일 뿐 계해년 물난리에 집도 절도 다 떠나보낸
진주의 오래되지 않은 날 뒷산일 뿐

떠나서 살다가 어쩌다 고향에 잠깐 들르는 날에는 어쩐지 불편하다. 낡아 있을 것 같아서 두렵다. 완전히 새 것들로만 가득 차 있을까 무섭다. 하지만 「남강시편 1」을 읽고 있으면 이런 생각이 든다. 벌거숭이 뒷산은 거기 그대로 있다. 내가 더는 내가 아니게 되더라도, 그 볼품없는 고향 산이 갑자기 없어지기란 매우 힘든 일이라서, 나는 내 시절을 잃어버리지 않지. 내가 내 유년 시절에 잃어버린 것들을 잊어버리지 않지. 허수경 어린이가 뒷산에서 뛰어다닌다.

진주에서 자란 허수경 시인은 남강으로 시편을 지으며 훗날의 알텐베르게*를 예감했을까요? 시인의 언어는 자신을 예견하는 주술이라는 말에 동의하지만 두려움이 앞서기도 합니다. "진날 마른날 나이를 곱절씩 먹어"가는 동안 시인은 시인이고자 하고, 여전히 시인일 뿐이니까요.

우리가 쓰는 시가 미래를 예지한다면 억척스레 밝은 미래를 그려볼 수 있을까요. 아무래도 아닐 것 같아요. 그런 이야기는 하다 말 거예요. "세상은 꿈이 아니"니까. 꿈이 아니어서 우리는 허수경 시인의 언어에 가슴 저릴 수 있으니까. 세상이 "뻘밭 구덩이임을 진즉 알았"더라도 "아는 것이 전부는 아니"기에 남강 너머로 보이는 뒷산을 평생 가도록 그리워할 수 있겠지요.

슬픔을 양분 삼으려면 아는 것으로는 부족해요. 덩어리진 슬픔 반죽을 주무르면 가시가 자라나고 날붙이가 폭발하니까요. 이를 알면서도 두 팔 벌려 품어보는 거예요. 반죽이 두 손을 삼킬 때까지, 주무르던 이가 반죽이 될 때까지, 세월이 가도 여전히 "진주의 오래되지 않은 날 뒷산일" 때까지. 손길이 닿은 슬픔은 낡지 않아요. 죽지 않아요. 뻘밭의 물길로 흘러 우리의 앞날에 생생히 찾아와요. 나이를 먹어가도 언제나 "계집애이고 뒷산 벌거숭이 고향산"을 동무 삼던 시인이 여기와요.

---

* 시인 허수경은 작고하기 전까지 독일 뮌스터에서 약 18킬로미터 떨어진 마을 알텐베르게에서 살았다.

남강시편 3

사내들의 영광은 아낙들의 눈물
영광은 자궁 속에 깊이 감추어두고
늦은 빨래를 하러 나옵니다

물살에 내맡긴 사내들의 빨래에는
땀자욱 핏자욱 황토흙도 쩔어 있고
북만주 흩날리는 아득한 눈발
원망과 갈망과 목 놓아 소리하던
꿈도 묻어 나오지만
눈부시게 헹구고 나면
오직 그리운 눈매 유순한 눈매

이 눈매를 가지고 사내들은 칼잽이 되고
글쟁이도 되어 외진 곳에 갇히기도 하고
살아 욕됨을 뼛속에 묻어
죽어 영광되기도 하지만

심줄 굵은 아낙들의 팔목에는
개화 이후 이 나라 온갖 수난사가

강물 탯줄 실려 흘러가고 있을 뿐입니다
참아 더 이상 못 참는 날에도
소리 죽여 흐느끼며 가고 있을 뿐입니다

이 눈물 속에
개화기 이후 이 나라 굵은 산맥들이
아늑하게 깃을 치며 살아갑니다

용서해다오.

안 된다.

— 허수경,「근대사」부분

"전쟁을 겪어 불행한 세대와/전쟁을 겪지 않아 불행한 세대"(「아버지, 나는 돌아갈 집이 없어요」)가 함께 어우러져 살아가고 있는 이 땅 위에서, 허수경은 '진주 저물녘'에 역사를 '조선식'으로 회상하고, '원폭수첩'을 써 내려가며, '대평 무밭'과 '할리우드'를 동시에 본다(「진주 저물녘」, 연작시 〈조선식 회상〉〈원폭수첩〉,「대평 무밭」「할리우드」). 슬프게도, 대한민국 근현대사의 매 순간을 관통하는 두 줄의 문장은 내내 유효하다.

"빼앗김만이 넉넉한 빼앗김만이 남아 귀신 보전하기 좋은 우리집"(「그믐밤」)에서 솎아낼 일들은 매일 생긴다. 오늘은 고추 모를 옮기고 내일은 탈상. 단칸방 신혼부부가 밤을 보내도록 새벽까지 내처 걷는 시어머니도 있다. 그저 하루하루를 충실하게 살아내는 일을 거쳐 돌아보면, 그것이 자취가 되어 있을 뿐. 그저 착하게 늙어갈 뿐. 그 자취가 어느새 그림자가 되어 뒷모습을 쳐다보고 있을 뿐. 그러한 나날을 견디지 못하고 누군가는 싸우러 떠난다. 매서운 눈빛으로. 꺼지지 않고 형형하게 타오르는 눈빛으로.

허수경의 시에서 온전하게 빼앗긴 여성들은, 그럼에도 빨래를 한다. 생활로 어제와 내일을 잇는다. 끝내 일어서게 하고 싶었던, '폐병쟁이 내 사내' 하나 거두는 마음으로 자리를 지키며 기꺼이 돌아올 곳이 된다. 허벅살 베어 선지피라도 먹이고자 하는 마음으로. 그러니까, 빨래의 감각. 이 나라 온갖 수난사가 팔목의 심줄을 키웠다.

팔로, 힘줄로, 노동으로 하루하루를 차근차근 살아내는 힘. 나 역시 팔의 힘으로 하루를 보내고 있다. 연필을 쥐고 키보드를 누르는 감각으로. 씻고 닦고 자르고 쓸고 묶고 누르고 비비고 밀고 당기는 힘으로. 아주 구체적이고 정확하게 시간을 짚는 방식으로.

팔뚝의 힘으로, 내도록 이어지는 것들이 있다.

✽ 이 글에서 언급 및 인용한 시는 모두 『슬픔만 한 거름이 어디 있으랴』 (실천문학사, 1988)에 수록된 것이다.

달빛

부르는 소리로 저리도 청랑하게 흐를 수 있는 세상은
두렵습니다 아름다워진 것이 겁나고 오밀조밀하게 색칠
한 것이 화장독 오른 계집 아침 분세수 세모시 옷깃 새
로 페니실린 냄새가 납니다

물결같이 이를 악물고 바스라지기도 하지만 아래에
서면 빛나고 싶어 두려워집니다

희끗희끗 칼금 그으며 지나는 바람이 나뭇잎 수척한
얼굴에 계절 굽이지는 길을 만들고 그 길 위에 내려앉아
우수수 몸을 떨지만 거미줄은 은빛으로 빛나도 나비는
거미에게 먹히고 불러 세워 뒤돌아보아도 나는

몇 광년 후에야 보는 별빛으로 먼데요

빛에 관한 이 짧은 시를 읽다 보면, 섬세하고 날카롭고 압도적인 아름다움 앞에서 느끼곤 하는 매혹과 두려움이 동시에 밀려들어온다. 이때의 두려움은 빛과 멀찍이 떨어지려는 두려움이 아니다. 관조하는 두려움이 아니다. "빛나고 싶어" 찾아오는 두려움이다. 그리고 그렇게 선택하기로 한 빛의 끝은, 잡아먹힘 혹은 몇 광년 후에야 겨우 멀게 나타날 수 있는 빛. 빛나는 찰나를 위해 감수해야만 하는 암흑 같은 시간들을 떠올려본다. 그 시간들은 절망으로 가득하지만, 시간의 결을 따라 어둠을 반으로 쪼갠다면 은빛을 띤 페니실린 냄새가 생생히 퍼져 나갈 것이다.

청량하게 흐르는 세상이 두려운 까닭은 세상이 얼마
나 망가져 있고 악으로 가득 차 있는지 알기 때문이다.
아름다움이 겁나는 이유는 『슬픔만 한 거름이 어디 있
으랴』를 읽어보면 알 수 있듯 삶이라는 것이, 인간이라
는 것이 얼마나 비극적일 수 있는지 알기 때문이리라.
그 비천함과 아름다움 사이의 검게 벌어진 틈을 끝없이
바라볼 수밖에 없기에 아름다워질수록 더더욱 겁이 날
것이다. 그럼에도 빛나고 싶어지는 마음. 그 마음 또한
진심이어서 이승과 저승으로 현재와 먼 곳으로 계속해
서 분열되며 살아갈 수밖에 없는 것이다. 그것이 세상
의 비밀을 목도한 사람이 감내해야만 하는 형벌이라면
우리는 한쪽 눈으로만 눈물을 흘리고 한 발로만 나아
가야 하는 걸까. 영혼의 시차에 멀미를 느끼며 흔들리
는 한 그루 나무. 달빛 아래 떠오르는 나무를 생각한다.
나를 불러 세우는 것은 누구이며 돌아보는 나는 무엇을
마주하는 걸까?

한 사람의 시간이 그치고 남겨진 것은 이상할 만큼 우리다. 우리는 놀라울 만큼 가볍게 우리로 묶인다. 한 사람을 떠나보내는 동안 우리는 거의 처음으로 우리를 느낄 수 있다. 우리는 연약한 세계 단위가 된 것 같다. 끝과 처음 어디쯤에 우리가 놓인다. 끝없는 것이 끝나버린 것 같은 느낌에 휩싸이고, 끝나버린 것들이 끝없다는 생각에 가닿는다. 그 끝에 투명한 바통이 남겨진다. 바통에 손을 뻗듯 고인의 첫 책을 펼친다. 다시 첫 책을. 또 다른 세계로 떠난 시인의 첫 시집을. 우리는 그러고 싶어 한다. 새로운 처음을 보고 싶어 한다. 남겨진 우리 세계를, 끝남이 끝이 없는 세계를 다시 조금씩 받아들이려는 시도를 한다.

한 사람의 시간이 그치면 연약한 세계를 느낄 수 있다는 것. 처음인 일이 반복된 지 오래인 것. 투명한 바통이 오가던 무수한 궤적들. 또 다른 세계로 떠난 시인의 첫 시집을 펼치면서 나는 그리운 미래감感의 흔적을 살핀다. 「달빛」에 닿으면, 이 자태에 오래 의지하고 싶어진다. 아득한 빛을 발하는 시의 자태에.

유배일기

안개의 쓸쓸한 살 속에 어깨를 담그네
유배지의 등불 젖은 가슴에 기대면
젊은 새벽은 이다지도 불편하고
뿌리 뽑힌 꿈의 신경이
막막한 어둠 속에서 부서지네

그러나 우리는
우리가 가장 그리워
쫓아낸 자의 어머니가 될 때까지
이 목숨 빨아 희게 입을 때까지

　벚나무에 모든 풍경이 가려지던 아름다운 날, 나는 친구와 낯선 옥상에 올라가 사람들을 보고 있었다. 옥상에는 초라한 화분이 물을 머금고 있었다.

　"신에게도 화분이 필요할까?"

　내가 묻자 친구는,

　"글쎄, 필요할 수도 있겠지."

하고 대답했다.

　그곳에도 거름은 있겠지. 그곳에도 썩는 것이 필요하다면. 그런 생각을 하다가 채 마르지 않은 평상 위의 둥근 물 자국을 구경했다.

　"아직 모르겠어요, 이유를, 내가 왜 이곳에 있는지…… 당신의 숯불에서 구워낸 한 인간의 살점을 앞에 두고 나는 다만 식욕을 잃어버리기를 바라지요……"*

　그날의 내가 당신의 숯불에서 구워낸 한 인간의 살점을 앞에 두고 식욕을 잃기를 바라는 마음으로, 인간을 조금 사랑했는지도 모르겠다. 어쩌면 유배된 건 아니었을까.

　빨랫줄에 걸린 흰 목숨 같은 기분으로 흔들대며 일어

난다. 아침은 투명했고 영혼의 자국은 의자에 남아 빛
속에서 서서히 마르고 있었다.

* 허수경, 『가기 전에 쓰는 글들』, 난다, 2019, p. 157.

땡볕

소나무는 제 사투리로 말하고
콩밭 콩꽃 제 사투리로 흔드는 대궁이
김매는 울 엄니 무슨 사투리로 일하나
김매는 울 올케 사투리로 몸을 터는 흙덩이

울 엄니 지고 가는 소쿠리에
출렁출렁 사투리 넌출
울 올케 사투리 정갈함이란
갈천 조약돌 이빨 같아야

　기호와 그에 대응하는 의미, 그 집합의 순열, 이를
바탕으로 고안된 서사의 구조물은 세상을 이루는 것들
의 극히 일부다. 언어는 땡볕 아래 모든 것의 움직임이
자 전달이다. 완고하고 독단적인 언어는 진동이 일으
키는 간섭과 중첩을 거부한다. 바람의 노래를 느끼지
못하고, 바람을 일으키는 빛의 춤을 보지 못하고, 소나
무와 콩꽃의 출렁임을 듣지 못한다. 김매는 손을 달구
는 해의 소나기도, 조약돌의 정갈한 이빨에 남겨진 달
과 물과 흙의 궤적도 알지 못한다. 서로의 사투리를 듣
는 법을 잊을 때, 우리는 돌아갈 집 없는 유배지의 어둠
속에 자신과 서로를 가둔다. 원폭의 자국에서 흘러내
리는 차디찬 고름만이 빈곤한 공동의 의식을 슬픔으로
채울 뿐.

별 노래

    작은 사과나무를 돌보는 아버지 옆에 서면 사과나무 꽃입술이 흙 가장 보드라운 살에 떨어져 분홍 웃음소리. 아버지는 꺼멓게 말라가는 속잎을 따내면서 "얘야 일찍 들어온나 처녀애들 밤길은 위험하니라" 전지가위에 잘려 나간 곁가지를 주워 담을 때 본 근육통으로 부어오던 아버지의 손등. "밤길 어둡다고 바래다주는 사람이 있는 걸요" 물뿌리개에서 햇살이 번져 올랐습니다.

아빠는 가꾸고 돌보는 일을 잘하는 사람이었다. 쉬는 날이면 심은 나무의 가지를 치고, 잡초를 솎고, 집 앞마당에서 시작해 동네 골목을 전부 쓸곤 했다. 한 친구는 그런 아빠를 보고 내게 저 사람은 청소부냐고 물어보았다. 아빠가 그 친구의 자전거까지 고쳐주는 것을 보고 나는 알았다. 아빠는 가족을 가꾸는 일을 제일 어려워했다는 것을. 아빠가 내게 당부한 것은 대체로 알아서 잘해라, 라는 종류의 것이었다. 시 속에서 아버지가 최대한 다정하게 할 수 있는 당부가 위험하니 일찍 들어오라는 말인 것처럼. 딸이 귀가할 때까지 잠들지 않고 기다렸다 문을 따줄 거면서 왜 마중을 나온 적은 없었을까. 그래서 나는 바래다주는 사람이 없어도 바래다주는 사람이 있다고 거짓말을 했던 것 같다.

새

　젖은 발가락으로 꿈을 꾼다 무거운 흙 속에서도 꼼지락
거리며 꿈은 사랑과 같이 스며들어 자유로 다시 선다
　잠 속에서도 자유하지 못하는 한낱 납루보다 못한 깃발
　꿈은 하늘이 되고 땅이 되고 숟가락처럼 가지런히 버티
고 선다 이렇게 아래에서 꿈꾸는 것들이 자식을 기른다
천년을 버티고 역사를 세운다

정
재
율

이 시는 자유롭게 날아다니다 나의 어깨 위에 무겁게 내려앉는다. 새가 하늘을 날기 위해서는 몸을 최대한 가볍게 만들어야 한다. 그런 새와는 다르게 꿈에서조차 가벼울 수 없는, 무거운 흙 속에 두 발이 묶인 이는 그 누구보다 자유를 원할 것이다. 무거운 마음을 묻어둔 채 그 위에 깃발을 꽂고, 숟가락을 꽂는 사람만이, 그렇게 안간힘을 써가며 자유를 외치는 사람만이 또 다른 역사를 세울 수 있다. 지나온 과거의 날들에 대해, 그 행적에 놓여 있는 무거움과 가벼움에 대해 생각한다. 정말 감사하게도 나는 이 역사의 땅에서 시인 허수경의 시를 다시 읽을 수 있다. 창밖으로 새 한 마리가 날아간다. 자유를 원하는 새 한 마리가. 그것도 무척이나 가볍게.

새

할리우드

미드웨이호에서 이제 막 도착한 영웅들은
미국 유수의 군수공장 할리우드에서 각종 신무기를
지니고 도착한 영웅들은

현대식 미학과 적당한 눈물
가자 할리우드로 달콤한 잠이 있는 곳
금발의 어머니들이 무지랭이 비듬을 털어주는 곳

현대식 정의와 적정 수준의 침략
가자 할리우드로 오래전에 그곳으로 갔던 우리의
조상이
인디언 보호구역에서 낡아빠진 타악기 매만지며 쓸쓸히
사라져간 용사의 별을 헤는 곳

현대식 취미와 고상한 식탁
가자 할리우드로 버터로 볶은 사랑과 양파국 같은 결혼
이 있는 곳
간편한 죽음과 스테이크가 보장되는 무덤이 있는 곳

우리는 떼 지어 그 무덤 속으로 기어 들어갔습니다
무덤 속에 부는 바람
아무도 쳐다보지 않는 민둥산 초승달이여

1988년에 초판이 출간된 허수경 시인의 첫 시집, 3부 마지막 순서에 자리한 이 시를 읽었을 때 "현대" 그리고 "현대식 미학"이라는 단어에 곧장 붙들렸다. 시집을 읽는 내내 둘에 대한 생각을 떨칠 수 없었기에 망령처럼 종이 위를 떠다니던 생각들이 임시로 기거할, 문자라는 몸을 찾은 것 같기도 했다. 그리고 이 시를 읽으면서 '현대'라는 관념, 상태, 시간, 시점…… 그게 무엇이건 현대란 물을 가득 채운 풍선처럼 여기저기로 굴러다니며 가변적인 몸을 통해 과거를 수선하게 만들고, 과거를 수선함으로써 스스로의 남루함을 슬쩍 비추는 무엇이 아닐까 생각했다. "현대식 미학" "현대식 정의" "현대식 취미". 시에 언급된 현대'식' 미학과 정의, 취미는 35년 후의 현대가 어떤 모양새로 다시 빚고 싶어 하는 양식의 것들일까. "간편한 죽음과 스테이크가 보장되는 무덤이 있는 곳//우리는 떼 지어 그 무덤 속으로 기어 들어갔습니다". 무덤 속으로 기어 들어간 '우리'는 무엇을 남겼는지, 또 남기지 않았는지. 그들은 무엇이 되어 우리와 함께 있는지, 그들은 우리가 되었는지, 처음부터 우리였는지.

이상하다 왜 이리 조용하지

감꽃이 질 무렵 봄비는 적막처럼 내렸다

감꽃 천지
군화 발자욱이 그 위를 덮친다

집집마다 아픈 아이들
가위 눌린 잠 속으로 감꽃은
폭풍처럼 휩쓸고 다닌다

어린 살 속에 시린 날을 세우고
발진처럼 불거져 내리는 감꽃

대문 두드리는 소리
비명 소리
미친 듯 떨어지는 감꽃 꼭지
그 위에 적막처럼 봄비가 내린다

날이 밝으면
왜 이리 조용하지 이상하다

아버지는 쓴 입속으로 물을 넘긴다

먼 둔덕 애장터
오지 사금파리가 아리게 반짝이고
어른들은 화전을 부친다
오미자 물을 우려낸다

이상하다, 왜 이리 조용하지.

　살얼음 낀 풍경의 적막을 온몸으로 읽어내는 듯한
화자의 목소리를 따라가면, 왠지 다시는 돌아올 수 없
을 것 같은 기분이 든다. 마치 마지막이 기다리고 있
는 것처럼, 봄 비린내 물씬 풍기는 들꽃을 엮어다가 아
이의 머리에 화관을 씌워주듯이. 아이는 이 적막의 풍
선을 숨겨놓고선 커다랗게 불어 가슴으로 터뜨렸던
가. 그렇게 들려온 목소리가 있었는데, 평화로운 순간
으로 둔갑했던 한 시절의 아릿함이 지금에도 자막처럼
쓰인다. 그날의 두리번거림이 적막을 다해서라도 알
고 싶지 않았던 진실을 보여준다. 그리고 다 함께 중얼
거리게 된다. 조용할 수 없거든, 이토록 고요할 수 없거
든……

허수경의 시는 적막을 견뎌낸다. 그 모든 일들, 우리를 덮치고 휩쓸었던 그 모든 미친 일들이 지나가고서 찾아오는 적막에 귀를 기울인다. 적막 깊은 곳에서 흐르는 폭력과 고통의 소리를 잊지 않으려 애쓴다. 어째서 봄비는 모든 악몽과 울음을 고요히 덮어주는가. 어째서 우리는 평화로이 이 미지근한 차를 머금을 수 있는가. 여전히 그들이 찾아와 대문을 두드리고 아픈 아이들의 비명은 그치지를 않는데. 오늘 밤 또 다른 악몽들이 찾아올 텐데. 이상하다, 이상하다, 되뇌며 우리는 시와 함께 각자의 적막을 견뎌내보는 것이다.

이상하다 왜 이리 조용하지

나는 『혼자 가는 먼 집』이 그의 첫 시집이라고 잘못
알고 있었다. 뿐만 아니라 막연하게 그를 1990년대 시
인으로 분류하고 있었다. 그러나 1988년 11월의 허수
경이 쓴 첫 시집 『슬픔만 한 거름이 어디 있으랴』의 '시
인의 말'—"문학적 실천" "어려운 시대"……—을 읽
으면서 나는 그가 1980년대 시인임을 새삼 깨달았다.

내가 추천하는 이 시에서 "적막"은 "군화 발자욱"과
"비명 소리" 위에 쌓인 무덤이다. 1980년대의 시대 상
황이 담긴 이 시는 30여 년의 시차를 뛰어넘어 독자로
하여금 안온한 표정 아래 들끓는 불안을 가만히 만져보
게 한다. "이상하다, 왜 이리 조용하지" 하고.

혼자 가는

먼 집

공터의 사랑

한참 동안 그대로 있었다
썩었는가 사랑아

사랑은 나를 버리고 그대에게로 간다
사랑은 그대를 버리고 세월로 간다

잊혀진 상처의 늙은 자리는 환하다
환하고 아프다

환하고 아픈 자리로 가리라
앓는 꿈이 다시 세월을 얻을 때

공터에 뜬 무지개가
세월 속에 다시 아플 때

몸 얻지 못한 마음의 입술이
어느 풀잎자리를 더듬으며
말 얻지 못한 꿈을 더듬으리라

잊고 싶은 상처는 사라지는 것이 아니라 늙고 환해지는 것이라고 시인은 말한다. 그렇게 불을 켠 듯 환하고, 그래서 오히려 더 아파지는 자리를 향해 가겠다고. 사랑이 나를 버리고 갔을 때, 세월도 저만치 가고 내게 남은 것은 몸 얻지 못한 마음과 말 얻지 못한 꿈뿐일 때, 나는 어디로 가게 될까? 나도 시인처럼 기꺼이 환하고 아픈 자리로 갈 수 있을까. 공터에 뜬 무지개가 상처를 낫게 하는 것이 아니라, 그런 무지개조차도 다시 아프고야 마는 자리. 아프더라도, 기꺼이 다시 겪는 자리로 갈 수 있을까. 허수경 시인의 시를 읽으며 내내 나에게 묻고 있다.

펼쳐진 고독을 읽고 벗어날 수 없는 자기 자신을 견
뎌본 사람이라면 누구나 사랑하지 않을 수 없는 시집입
니다. '마음'과 '사랑'은 얼마나 같고 얼마나 다른가요.
이 시에서 사람은 "환하고 아픈" 사랑의 자리에 있습니
다. 썩었을지도 모르는 그 마음을 더듬어볼 수 있는 것
은 여전히 사랑입니다. 우리는 홀로 있을 때에도 멈추
지 않고 흘러가는 존재입니다. 아무도 없는 문 앞에서
노크를 하고, 잠긴 창문 앞에서 계절을 기다리는 사람,
사랑의 마음으로 마음을 다해 사랑하는 사람에게 전합
니다.

불우한 악기

불광동 시외버스터미널
초라한 남녀는
술 취해 비 맞고 섰구나

여자가 남자 팔에 기대 노래하는데
비에 젖은 세간의 노래여
모든 악기는 자신의 불우를 다해
노래하는 것

이곳에서 차를 타면
일금 이천 원으로 당도할 수 있는 왕릉은 있다네
왕릉 어느 한켠에 그래, 저 초라를 벗은
젖은 알몸들이
김이 무럭무럭 나도록 엉겨 붙어 무너지다가
문득 불쌍한 눈으로 서로의 뒷모습을 바라볼 때

굴곡진 몸의 능선이 마음의 능선이 되어
왕릉 너머 어디 먼 데를 먼저 가서
그림처럼 앉아 있지 않겠는가

결국 악기여
모든 노래하는 것들은 불우하고
또 좀 불우해서
불우의 지복을 누릴 터

끝내 희망은 먼 새처럼 꾸벅이며
어디 먼 데를 저 먼저 가고 있구나

이 시를 읽으면 술 취해 비 맞고 선 남녀를 몇 발자국 뒤에서 바라보는 애처로운 눈빛과 마주하게 된다. 지나온 날들의 상처와 비애로 그렁그렁한, 그리하여 한 쌍의 뒷모습으로부터 훗날 그들이 슬프게 돌아볼 마음의 능선을 읽어내는 눈빛. 불우한 악기로서 저 자신의 숙명을 예감하면서도, 오직 불우 속에서만 누릴 수 있는 지복이 있으리라 스스로를 다독이는 눈빛. 그가 자신의 불우를 다해 부른 노래는 나에게 더없는 위안이 되어주었지만, 그 눈빛은 얼마나 오랜 시간 먼 새처럼 날아가는 희망의 꽁지를 좇았을 것인가.

그것은 불행보다 왜소하고 가난보다 뻔뻔합니다. 그
래서 우리가 노래를 부를 수 있는 것일지도 모르겠습니
다. 만약 술에 취해 물렁해진 악기로 노래를 부른다면,
비를 맞아 오들오들 떨면서도 타인과 온도를 나누려 들
것이 분명합니다. 그래서 더 불우해지는 이 악기는 그
렇게 입김을 퍼뜨리면서, 그렇기 때문에, 어디 먼 데를
저 먼저 갈 수 있을지도 모르겠습니다.

불우한 악기

마치 꿈꾸는 것처럼

너의 마음 곁에 나의 마음이 눕는다
만일 병가를 낼 수 있다면
인생이 아무려나 병가를 낼 수 있으려고……,

그러나 바퀴마저 그러나 너에게 나를
그러나 어리숙함이여

햇살은 술이었는가
대마잎을 말아 피우던 기억이 왠지 봄햇살 속엔 있어

내 마음 곁에 누운 너의 마음도 내게 묻는다
무엇 때문에 넌 내 곁에 누웠지? 네가 좋으니까, 믿겠니?
믿다니!

내 마음아 이제 갈 때가 되었다네
마음끼리 살 섞는 방법은 없을까

　　조사는 쌀 구하러 저자로 내려오고 루핑집 낮잠 자는
여자여 마침 봄이라서 화월지풍에 여자는 아픈데

조사야 쌀 한줌 줄 테니 내게 그 몸을 내줄라우

네 마음은 이미 떠났니?
내 마음아, 너도 진정 가는 거니?

  돌아가 밥을 한솥 해놓고 솥을 허벅지에 끼고 먹고 싶
다 마치 꿈처럼
  잠드는 것처럼
  죽는다는 것처럼

꿈속에 있지만 나의 몸은 꿈속에 있지 않은 것처럼, 당신의 마음 곁에 있지만 나의 몸은 당신 곁에 있지 않습니다. 그러나 마음이 이동할 수 있다는 믿음, 그러니 곁에 누울 수 있다는 믿음, 제게는 없는 믿음, 그러나 한번 믿어보려는 마음. 그렇습니다. 누군가의 곁에 누워 있어도 내가 떠나 있다는 것은 믿음 없이도 이렇게 쉬운 이해인데, "마음끼리 살 섞는" 일은 그저 아득하기만 합니다. 그러나 또 그저 해보는 것이죠. 마음의 움직임과 이동을. "마치 꿈처럼" "잠드는 것처럼" "죽는다는 것처럼".

마치 꿈꾸는 것처럼

혼자 가는 먼 집

　당신……, 당신이라는 말 참 좋지요, 그래서 불러봅니
다 킥킥거리며 한때 적요로움의 울음이 있었던 때, 한 슬
픔이 문을 닫으면 또 한 슬픔이 문을 여는 것을 이만큼
살아옴의 상처에 기대, 나 킥킥……, 당신을 부릅니다 단
풍의 손바닥, 은행의 두 갈래 그리고 합침 저 개망초의
시름, 밟힌 풀의 흙으로 돌아감 당신……, 킥킥거리며 세
월에 대해 혹은 사랑과 상처, 상처의 몸이 나에게 기대와
저를 부빌 때 당신……, 그대라는 자연의 달과 별……,
킥킥거리며 당신이라고……, 금방 울 것 같은 사내의 아
름다움 그 아름다움에 기대 마음의 무덤에 나 벌초하러
진설 음식도 없이 맨 술 한 병 차고 병자처럼, 그러나 치
병과 환후는 각각 따로인 것을 킥킥 당신 이쁜 당신……,
당신이라는 말 참 좋지요, 내가 아니라서 끝내 버릴 수
없는, 무를 수도 없는 참혹……, 그러나 킥킥 당신

　자신에게 주어진 언어와 무관히 시인은 저마다의 모
어母語를 구사한다는 진실을 몸소 증명했던 한 시인의
집을 통과한다. 몸으로 지나간 말들을 지나, 「흰 꿈 한
꿈」에서 흘러나온 "당신……"이 잠시 머문 곳을 본다.
「혼자 가는 먼 집」을 여는 "당신……"은 말줄임표를
지나며 소리를 얻는다. 시에서 혼자인 나는 당신이라
는 말이 참 좋아서 당신을 부른다. 울음과 슬픔과 상처
와 시름과 참혹과 기타 등등의 사이에서 좋아서, 참을
수 없어 터져버린 웃음소리가 당신이라는 먼 집까지의
거리를 간간이 좁히며 시의 리듬을 조율한다. 거듭 호
명되며 시를 통과해낸 당신은 영영 "킥킥 당신"이다.

　책에서 말줄임표를 마주할 때마다 허수경 시인의
「혼자 가는 먼 집」을 떠올린다. 할 말이 없거나 할 말을
생략하기 위한 말줄임표가 아닌, 변방의 무수한 말들
을 펼쳐놓기 위한 말줄임표. 효과를 위해 사용하는 말
줄임표가 아닌, 효과 그 자체의 말줄임표. 「혼자 가는
먼 집」의 말줄임표는 종이 위로 차분하게 정착한 여섯
개의 점으로 읽히지 않는다. 각각의 점은 끊임없이 둥
실거린다. 각각의 점은 이곳과 저곳과 그곳을 동시에
떠다니는 발들의 버둥질에 가깝다. 킥킥대면서라도 현
재에 자신을 발붙이고자 쓸 수밖에 없는 버둥거림으로
서의 점. 허수경 시인의 정처 없음을 배길 수 없다.

사랑의 불선

너는 왜 위가 아프니 마음이 아프지 않고
그래서 이렇게 묻잖아 약은 먹니 술은 안 마시니 지워
진 길도 길이니 얼굴이 아플 때도 있니 너 누구에게 맞
았니!

그래서 돌아본다 조용필이나 고르며 일테면 나는 물
고기 비늘 많은 물고기 가시 많은 물고기 가거도에 가면
멸치를 잡을 수 있을까요

마음끼리 헤어지기 싫어할 때 견딜 수 없는 몸은 마음
으로 들어온다 에이 바보같이 에이,
마음의 어깨 마음의 다리 마음의 팔이 몸을 안는다

약은 먹니 그래그래 너는 아가리의 심연을 아니
근데 왜 바보같이 맞기만 했을까
몸의 마음이 너를 때렸니 가기 위해
돌아오기 위해?
허랑허랑……

불선不善에는 세 가지 뜻이 있다. 1) 착하지 아니함.
2) 좋지 못함. 3) 잘하지 못함. 이 모든 의미를 아울러
말할 수 있겠지만, 나는 여기서 3)에 집중하고 싶다. 생
각처럼 되지 않는 사랑 앞에서, 자꾸 어긋나고 마는 사
랑 앞에서, 정확히 어느 부위가 아프다고 말하기는 어
려운 것이다. 가슴이나 배 어디쯤인 것 같은데. 몸 안
에 있는데. 분명히 짚어낼 수가 없다. 1미터든 백 미터
든 깊이와 무관하게 수심에 잠긴 이는 그저 견딜 수 없
을 따름이다. 아프다는 것 외에는 알 수가 없으니 마음
은 방향을 잃는다. 바보같이. 허랑허랑. 나이와 상관없
이, 능력과 관계없이, 사랑을 잘하지 못함은 필연적이
지 않나. 언제나 처음일 뿐인 이 사랑은 아가리의 심연
에서 꺼낸 어떤 말로도 말이 되지 않으므로.

쉬고 있는 사람

환멸아, 네가 내 몸을 빠져나가 술을 사 왔니?
아린 손가락 끝으로 개나리가 피는구나
나, 세간의 블록담에 기대 존다

나, 술 마신다
이런 말을 듣는 이 없이 했었다
나, 취했다, 에이 거지같이

한 채의 묘옥과
한 칸의 누울 자리
비천함!
아가들은 거짓말같이 큰 운동화를 사 신었도다

누군가 노래한다
날 데려가다오, 비빌 곳 없는 살 속에
해 저문 터진 자리마다 심란을 묻고
그럴 수 있을까,
날 데려가다오
내 얼굴은 나를 울게 한다

아팠겠구나, 에이, 거지같이
나 말짱해, 세간의 블록담 위로
구름이 흩어진다 실밥같이 흩어진
미싱 바늘같이 촘촘한
집집마다 걸어놓은 홍등의 불빛, 누이여
어머니,
이 세간 혼몽에 잘 먹고 갑니다

　비틀린 길에 멈춰 취한 몸을 웅크리는 아가들. 몸 밖
으로 뛰쳐나갈 울음처럼. 일어서면 절벽인 영혼처럼.
홍등, 조등, 무영등…… 분별없이, 불 밝힌 곳 어디서
든 서러운 얼굴로 엄마를 찾는다. 언어여, 자연이여, 과
거여! 현재라는 책장 속에 저마다의 묘옥을 지은 우리.
다시 자라기에는 미리 늙어버린 아가들. 뭉툭 굳어진
뿌리를 보이기가 두려워 당신의 운동화에 발을 넣어본
다. 운동화는 거짓말같이 운동장보다 헐겁도다. 비천
한 걸음마다 슬픔, 사랑, 영혼, 마음 그리고 당신이 밟
힌다. 당신이 재발굴한 단어들의 운동으로 울렁이는
심장. 아팠겠구나. 우리 말짱해요. 에이, 거지들같이.
킥킥, 따로 또 함께 불러보는 먼 곳의 당신에게.

시

낫을 가져다 내 허리를 찍어라
찍힌 허리로 이만큼 왔다 낫을
가져다 내 허리를 또 찍어라
또 찍힌 허리로 밥상을 챙긴다

비린 생피처럼 노을이 오는데
밥을 먹고
하늘을 보고
또 물도 먹고
드러눕고

　이십대의 어느 날, 이 시를 읽고 시에 대한 생각이 완전히 뒤바뀌는 경험을 했다. 내게 허수경은 내 안에 잠들어 있던 고아를 깨우는 노크 소리였고, 시를 쓰는 일은 맨손으로 마른 땅을 파헤치는 고행의 연속이었다. 손톱이 뽑히고, 거듭거듭 낫으로 허리를 찍혀가면서도 찾고 싶은 게 있는 사람이 시인이 되는 것일까. 이 길을 내가 갈 수 있을까. 자신은 없었지만, 이상한 매혹이 일었다. 낫에 허리를 찍힌 채로 밥상을 차리고 하늘을 올려다보는 그 모습이 눈물 나게 아름다워서였다.

　이 시는 내게 말해주었다. 고통은 한 방향으로만 오지 않는다. 형벌을 내리는 손과 선물을 건네는 손은 실은 같다. 저 안간힘과 애씀이 차리는 밥상을 받고 싶어졌다. 그것이 사랑의 다른 이름이라는 것을 깨닫는 데는 그리 오랜 시간이 걸리지 않았다.

시

　시인을 뵌 적 없지만 그를 유난히 수줍음이 많은 사람으로 상상해왔다. 특히 시인이 초기 시집 두 권에서 시적 화자를 능수능란하게 운용할수록, 시인 자신은 시 뒤편의 어둠 속에 깊이 숨는다는 인상을 받았다. 아마 그렇게만 도모할 수 있는 생존이 있었으리라고 느낀다. 그 가운데, 「시」는 젊은 시인이 어쩔 수 없이 들켜버린 기백 같아 반갑다. 이 시에서는 취해 잠든 이튿날 들이켜는 차가운 콩나물국의 맛이 난다. 어른의 표정으로 고된 생활을 견뎌보지만 푸릇한 비린내는 숨기지 못한다. 오냐, 슬픔아, 네가 오느냐, 나는 쓴다, 빛나는 의지를 벼리는 젊은 시인이 보인다. 그는 녹슨 낫의 핏빛 징조를 앞에 두고도 짐짓 태연하다.

먹고 싶다……

서울 처음 와서 처음 뵙고 이태 만에 다시 뵙게 된 어
른이 이런 말을 하셨다 자네 얼굴, 못 알아볼 만큼 변했어

　나는 이 말을 듣고
　광화문, 어느 이층 카페 구석 자리에 가서 울었다
　서울 와서 내가 제일 많이 중얼거린 말
　먹고 싶다……,
　살아내려는 비통과 어쨌든 잘 살아남겠다는 욕망이
　뒤엉킨 말, 먹고 싶다
　한 말의 감옥이 내 얼굴을 변하게 한 공포가
　삼류인 나를 마침내 울게 했다
　그러나 마침내 반성하게 할까!

　나는 드디어 순결한 먹고 싶음을 버렸다 서울에 와서
순결한 먹고 싶음을 버리고
　조균의 어리석음, 발바닥의 들큰한 뿌리
　그러나 사랑이여, 히죽거리며 내가 너의 등을
　찾아 종알거릴 때 막막한 나날들을
　함께 무너져주겠는가, 이것의 먹고 싶음,

그리고 나는 내 얼굴을 버리고
길을 따라 생긴 여관에 내 마음조차 버리고
안녕이라 말하지 마 나는, 먹고 싶다……,
오오, 날 집어치우고……

  눈 감으면 코 베어 간다면서, 신경 곤두세우던 것에
도 지쳤던 것 같다. 서울 와서 꼭 두 해, 이십대 중반의
나는 이 시를 종종 내가 쓴 시처럼 외고 다녔다. 당시
나는 서울에 사는 서울 토박이가 아닌 나를 무참히 발
견해나가던 참이었다. 서울이 별건가 싶었지만, 나도
모르게 낯선 이에게서조차 다정을 바라고 모르는 음식
을 마주하면 허기를 감추지 못했다. 어쩜 나는 이 시를
외며 코를 베어 가도 좋다는 마음가짐, 허기를 어쩌지
않을 거라는 오기 같은 것을 다졌던가. 그런 합리적 의
심이 든다.

먹고 싶다······

서울에서 태어나 서울에 사는 서울 토박이는 세상 몇이나 될까. 대부분의 사람은 여러 이유로 타지에 거점을 두고 살기 마련이다. 이 시는 타지에서, 더군다나 대한민국의 가장 번화한 도시 서울에서 화자가(시인이) 경험한 외로움의 기록이다. "먹고 싶다"라는 말은 여기서 여러 의미를 담고 있다. 식욕 그 이상의 것으로, 얼굴이 "못 알아볼 만큼 변"해버린 시인은 광화문의 2층 카페에서 울며 중얼거리며 되뇐다. 서울에 와서 내가 가장 많이 한 말은 무엇이었는지. 나는 무엇이든 먹어치우며 살아남거나, 어쩌면 자신이 가장 먹고 싶었던 "순결한 먹고 싶음을 버리"기를 선택해야만 했을 것이다. 매일매일 앞으로 나아가며 살아야 하는 사람의 마음은 "먹고 싶다"라는 원초적이고 간결한 진술로 함축되며, 때문에 그 말들은 여기 이 시에 씌어지지 못하고 입안 언저리에서 또다시 수없이 먹힌다. "내 얼굴을 버리고" "내 마음조차 버"려질 때까지.

79

표정 1

사내는 환한 등불 아래 웅크리고 앉아 건물을 지켰도다
　오 쓸모없는 건물 이 건물의 주인은 자본이 사유해낼 수
없는 꿈을 가졌던 모양이군 임대되지 않는 형이상학이야

　사내는 천천히 도시락을 꺼내네
　식은 밥은 마른 찬처럼 아픈 식도를 내려가 빈 위장에
가시처럼 박혔도다
　아마 식은 밥이 내 생애의 전당물이었을걸 나는 아직도
밥을 먹으면 마음이
　아파오지 쓸모없는 건물같이 잘 임대가 되지 않는 생애
에도 격절보다는 능선이
　많은 법이거든 이만큼 이어온 것이 차라리 식은 밥처럼
내 식도를 건드려주기만 해도
　내 표정은 변할 수 있었어 나의 무표정은 내 생애처럼
끈질기지 나는
　어디에다 표정을 빠뜨리고 말았을까
　꿈같군 임대를 기다리며 식후의 보리차를 데우는 것이
　밥이 아픈 건 능선의 고향 같은 것일 뿐이야

새로 끼운 유리창 너머로 웬 아가씨가 여길 들여다보고
있을까

이봐요 아가씨

당신은 이 도시에서 몸부터 먼저 헐릴 거야 끝내 마음
은 가지고 다닐 수 없이 무거워지겠지 벌써 저녁이 끔찍
한가

아가씨

무표정과 동무할 수 있는 건 도시의 등불밖엔 없어

아가씨 빨리 갈 길을 가요 얼마나 수많은 끔찍한 저녁
이 삭신에 걸터앉아야 무표정하게 나를 스쳐 갈 수 있을
지 때로 밥이 아프거든 능선의 고향을 생각해요 끝내 갈
수 없는 곳일 터이므로

이 건물의 주인은 조랑말도 지나갈 수 없는 곳에다 포
클레인을 끌어들일 게 뭐람 저 가질 수 없는 표정을 한 아
가씨

저 아가씨라도 자본이 소유해낼 수 있는 꿈을 가졌으면
좋으련만 빌어먹을, 무표정을 새로 시작하려는 것들이 끊
임없이 목숨을 받고 또 받고 있는 걸까

무표정한 얼굴들을 마주칠 때가 있다. 슬픔도 공허도 이미 딱딱해진 채 한 겹의 납작한 돌덩이처럼 굳어 제 몸을 찾아가지 못하고 거리를 쏘다니는 얼굴들. 밥을 삼킨 지 오래되었도다. 생의 의지도, 결연도, 분투도 모두 가시 박힌 밥알처럼 몸을 할퀴고 허문다. 뱉어낸 밥알은 자본의 도시에서 봉긋봉긋 곰팡이를 피우고, 서러운 영혼들을 울컥, 쏟아낸다. 아무것도 쓸어 담지 못했던 사람들. 그 난처하고 허망한, 죽음이 박제된 무표정은 도시를 이룬다.

나는 한 시절의 표정을 보도블록에 정처 없이 다 쏟아내고, 흘리고, 잃어버렸다. 끈질기게 따라붙는 표정 없는 생이 미치도록 서럽고 죽고 싶을 때, 먹어야 산다, 살아내야 한다,는 결연이 밤의 구토로 이어질 때, 나의 표정을 바라봐주던 한 사람이 있었다는 사실을 깨닫는다. 그녀는 오래된 시인이다. 덩그러니 놓인 무표정 곁에서 당신의 몸은 언제, 헐렸어요? 당신은 어떤 표정을 지녔나요? 이 도시에서, 목숨을 잃어버렸나요? 고향을 떠올려봐요. 고향이 사라졌대도 말을 거는 사람이 있다. 도시에 흩날리는 표정 없는 얼굴들을 수거하여 자

신의 노트에 옮겨 와 조랑말과 나무와 꽃과 새의 몸을
이어 붙여주고 다정히 말을 걸어주는 사람이 있다. 그
녀의 이름은 허수경이다.

한 그루와 자전거

저 나무는 한 번도 멈추지 않았네
저 자전거도 멈추지 않았네

사람들의 마을은 멈춰진 나무로 집을 짓고
집 속에서 잎새와 같은 식구들이 걸어 나오네

멈추지 않는 자전거의 동심원들은 자주 일그러지며
땅 위에 쌓여갔네 나무의 거름 같은
동심원들 안에서 사람의 마을은 천천히 돌아가네

차륜의 부챗살에 한 그루의 그림자를 끼워 넣으며
자전거는 중얼거리네

멈춘 나무 사이에서 멈추지 않는 자전거가 되는 것은
얼마나 어려운가
   한 그루와 자전거가 똑같이 멈추는 건 얼마나 어려운가
   천천히 멈추면서 한 그루가 되는 것은 얼마나 어려운가

　「한 그루와 자전거」는 『혼자 가는 먼 집』에 수록된 시편들 중 드물게 주어 '나'가 부재하는 시다. 이 시에서 시집 전반에 흐르는 슬픔의 정서는 배면으로 잠시 물러나고 나무와 자전거의 운동을 가만히 응시하는 시선이 빈 곳을 메운다. 멈춰 있는 것처럼 보이는 나무들 사이에서 "천천히 멈추면서 한 그루가 되는 것은 얼마나 어려운가"라고 중얼거리는 자전거의 마지막 음성은 "저 나무는 한 번도 멈추지 않았네"라는 시의 첫 문장과 공명하며 움직임과 멈춤의 방식으로 지속되는 존재의 일면을 드러내는 듯하다. 멈춤으로써 존재에 정박하는 일은 얼마나 어려운가. 자전거는 중얼거리면서도 끝없이 굴러갈 것 같다.

　　　　　　　　　　　　한 그루와 자전거

저 마을에 익는 눈

빈 마을인데 텅 빈 마을 들창 놓듯 빈집인데 웬 술 익
는 내가 진동하나 했더니 사람은 없고 누렁개가 새끼를
낳았구나 아직 어미배가 익숙한 놈들 서로 혀를 내밀고
배내피를 핥아내고 있구나 그 핏내가 술 익는 내였구나
눈님이 저리도 장할시고 눈님도 저놈들 해털 사이를
진저리치며 반짝이는 얼굴을 부벼대고 있더이 이 마을
눈이 익을 곳 저 생명 눈부심 손가락 잘리듯 빨갛게 익
어가는구나
이 치운 날 조선 산천에 햇것들이 몇 개 더 보태져

눈을 눈 님이라고 불러보는 것. 눈 님. 눈 님. 눈 님.
그럴 때 여기서도 눈이 내리는 것 같다. 지그시 누르듯
눈과 님. 님이 눈임을, 눈이 님임을, 그렇게 내리는 듯
하고. 그 눈 님들은 강아지의 털 사이사이 "반짝이는
얼굴을 부벼대고 있"다. 아니, "부벼대고 있더이" 한
다. 있더이. 있더이. 눈의 말투 같다.

백수광부

다 저녁 환한 저녁

문자도 없이 문서도 없이
멸滅조차 적적한 곳으로
화엄도 도솔도 없이 문명의 바깥으로
무망無望 속으로
환하게

　당신이 떠나간 곳이 이렇게 환한 곳이었으면 좋겠
다. 어느 환한 저녁에 깨달음도 구원도 없는 곳으로. 떠
나가는 사람의 걸음이 가볍지도 무겁지도 않아서, 행
복해 보이지도 불행해 보이지도 않아서, 그 강을 건너
지 말라고 차마 말할 수 없는 곳이었으면. 하얗게 센 머
리를 질끈 묶고, 뒤에 서 있는 사람을 돌아보지도 않고.
허위허위 팔을 흔들며 걸어갈 수 있는 곳이었으면. 언
니, 나도 데려가줘. 좀먹은 바람 같은 것이 들리지 않는
빛나는 바깥으로. 사람들이 슬프지 않은 철로를 놓고
있다.

유리걸식

이 지상에서 가난뱅이의 속량은 꿈같은 것
그래서 장엄한 해를 뒤로하고
밤섬엘 간다
새랑 살기는 어디 쉬운 일인가
새 사이를 다니며 새에게 유리걸식해야 하는데
일이 이쯤 되면 차라리 새의 먹이가 되는 게 낫지 않을까
내 몸 구석구석 쪼아대며 나를 무심하게 유리걸식한
새 떼가 어서 어서 자 그리고
거대하게 이 지상에서 속량되도록
자 그리고 어서어서
속량되면서 이 지상이 끝나도록

나의 고통은 진실하나 타인의 고통은 의심스러울 때
가 있다. 그러나 어느 시집이든 시를 펼친 사람이라면
시가 기필코 나보다 더 아프고, 나보다 더 초라하며, 나
보다 더 울적한 데다 심술궂기도 함을 믿게 된다. 새에
게 구걸을 하러 간 가난뱅이가 되레 자기 몸을 새 떼의
먹이로 주어버리는 시가 여기 있지 않은가? 그가 몸 구
석구석 닿는 새의 부리를 느끼며 새 떼들의 속량을 빌
때, 우리는 장엄한 해 아래 밤섬만 한 위로와 해방을 선
물받는다. 눈물 한 방울 없이.

유리걸식

'속량'이라는 말은 몸값을 치르고 죄인에서 자유인으로 해방된다는 뜻을 가진다. 그런데 자유를 얻으려면 어떤 값을 치러야만 하지. 우리는 한 가지를 더 의심한다. 죄를 씻고 자유를 얻으면 해방인가. 비로소 삶을 회복한 것인가. 이미 몸으로 알고 있다. 회복은 상처를 전제한다. 회복은 오염을 동반한다. 자유는 바로 이 오염된 지상에서의 주체에게 얄팍한 희망을 건넨다. 그 "꿈같은 것"은 지나치게 관념적이지만, 시인은 붙잡히지 않는 것을 붙잡기 위해 유리걸식한다. 짙은 어둠이 깔린 섬으로 들어간다. 새 떼가 오히려 시인을 먹는다. 시인의 구걸은 자기 속을 채우기 위함이 아니라 세계를 거덜 내기 위함이다. 시인은 무사히 갔을까. 시가 계속 우리 곁을 흐르고, 떠나고, 빌고, 먹는다.

유리걸식

영혼은

내

오래되었으나

머리에 흰 꽃을 단 여자아이들은

　그날의 일기 속에는 불안 같은 흰 꽃을 단 여자아이들,
너의 품을 빠져나온 오랫동안 잠을 잔 혀는 아이들의 머
리에 매달린 흰 꽃에 입을 맞추고 흐르는 불처럼 창밖
너머 펼쳐진 숲을 건넌다 오 오, 그렇게 다시 시작되고
너의 품속에서 새로운 생을 끄집어내듯 나는 아프다 오
오 새로운 지문의 날들은 그렇게 시작되고 그때 너는 일
기를 다시 쓰고 일기장 속에서 오래된 시간은 잠든다 오
래된 시간은 얼마나 고요히 우리를 예언했던가 머리에
흰 꽃을 단 여자아이들이 순한 시간 속에서 사라질 것을
오래된 시간은 얼마나 고요히 예언하고 있었던가

이
다
희

　일기가 시가 될 수 있을까. 아니, 일기는 별로 그럴 생각이 없는지도 모른다. 그렇다면 예언이 되려고 할까. 나는 "여자아이들이 순한 시간 속에서 사라질 것을" 받아들일 수 있을까. 예언이 맞는다면 내가 받아들이든 받아들이지 않든 결국 그렇게 될 텐데 말이다.

　어떤 일기에는 작고 흰 꽃을 단 여자아이들이 있다. 나는 방금 내 멋대로 '작은'이라는 형용사를 붙였다. 장례식장 근처에서 상복을 입고, 작고 흰 리본을 단 여자아이들을 봤기 때문이다. 여자아이들은 편의점에 가서 하리보 젤리를 산 후 조용히 나눠 먹었다. 나는 하리보 젤리가 바닥이 날 때까지 여자아이들에게 아무 일도 일어나지 않으면 좋겠다고 생각했다. 여자아이들이 고개를 돌릴 때마다 리본은 내게 보이다 사라지기를 반복했다.

　이번엔 크고 화려한 꽃을 단 여자아이들을 생각한다. (목련이나 장미가 좋을까?) 예쁜 얼굴로 예쁜 옷을 입고 돌아다니는 여자아이들. 앉아서 혹은 걸어 다니며 커피를 마시고, 무엇인가를 더 원한다면 술을 마신다. 진짜로 원하는 것인지 알 수 없지만 적당히 멈추는 방

법을 배운다. 서로를 훑어보면서 기뻐하거나 절망하지만 내색하지 않는 것에도 점점 익숙해진다. 웬일인지 나는 이 여자아이들이 자라거나 어디론가 사라지는 것을 받아들이는 것이 힘들다. 내가 더 어른스러워진다면 도망가지도 슬퍼하지도 않으면서 받아들일 수 있을까? 현명한 어른들의 다정한 눈빛이 항상 옳지 않았던가? 모르겠다. 하지만 내가 젊은 것이 아니라 써야 할 일기가 너무 긴 것 아닌가.

머리에 흰 꽃을 단 여자아이들은

어느 날 눈송이까지 박힌 사진이

간곡한 기계가 있었다
우린 그 기계 앞에 서 있었다
기계는 우리를 온 힘으로 찍었다

시계탑 앞에 서 있는 너를 동물원에 앉아 있는 나를
돼지우리 앞에 앉아 있는 이종사촌과 나를 찍었다

머리칼을 잘라 팔던 날
우연히 지나가던 사진사가 날 찍었다
어느 날 눈송이까지 박힌 사진이 나에게로 왔다

　어느 날 눈송이까지 박힌 사진이 나에게로 온다. 이
사진이 어디서부터 온 것인지 거슬러 올라갈 때, 카메
라는 간곡한 기계가 되어 선두에 선다. 카메라는 갑자
기 우리 앞에 서 있고, 카메라는 찰칵 소리를 낼 때마다
온 힘을 다하기 때문에 간곡하다. 카메라가 눈송이까
지 포착하는 이유는 어느 날 그로 인해 머리칼을 잘라
팔던 날의 기억까지 송두리째 불러오기 위해서다. 내
가 청한 적 없는 부탁을 들어주기 위해서다.

　　　　　　　　　　　어느 날 눈송이까지 박힌 사진이

구름은 우연히 멈추고

　구름은 썩어가는 검은 건물 위에 우연히 멈추고 건물 안에는 오래된 편지, 저 편지를 아직 아무도 읽지 않았다 누구도 읽지 않은 편지 위로 구름은 우연히 멈추고 곧 건물은 사라지고 읽지 않은 편지 속에 든 상징도 사라져 갈 것이다 누군들 사라지는 상징을 잃고 싶었겠는가 마치 촛불 속을 걸어갔다가 나온 영혼처럼

강
혜
빈

　"내 영혼은 오래되었으나" 시인은 빛 속으로 들어간
다. "촛불 속을 걸어갔다가 나온 영혼처럼" 재와 연기
만 남았겠지만 부재와 상실을 응시한다. 동시에 지금
여기로부터 과거의 시간을 예민하게 감지한다. 구름은
"썩어가는 검은 건물 위에 우연히 멈"춘다. 시인이 시
에 직면하기 직전, 시와 가까운 곳에서 서성거리듯. 넓
은 의미의 공간을 시와 마주하는 특별한 '장소'로 변모
시킨다. 우연이란 의도가 배제된 것, 어떤 일이 저절로
이루어져 공교로운 것. 다만 흐르고 멈추었다가 다시
흐를 뿐인 구름은 나날이 낡아가는 화자의 영혼 위에
잠시 머무르는 시적 영감과도 닮았다.

　우리가 발견하는 수많은 장소 중에서 유독 썩어가고
무너져가는, 이제 쇠락한 "검은" 건물 위에 멈춘 구름
은 시간이 거기 있음을 가시화한다. 수많은 공간 중 하
나였을 건물을 기억의 장소로 기능하게 한다. 우연적
으로 일어난 일은 이제 필연적인 일로 변모한다. "건물
은 사라지고" 건물 안에 덩그러니 놓인 "오래된 편지"
도 사라질 것이다. 오래된 화자의 영혼처럼 누구도 들
여다보지 않는 언어들. 시가 읽히지 않는다면 시를 쓰

는 사람도 사라질 것이다. 상징도, 비유도, 무용한 감탄사들도. 사라짐은 자연스러운 것. 그러나 더없이 쓸쓸한 것. 회신 없이 폐기된, 너무 오래 유보되어 검어진 마음도 거기 있다. 아니, 거기 있었다. 과거가 되어 현재에 남는 것은…… 공터에 머무르는 검은 영혼. 정처 없는 구름과도 같은.

"누구도 읽지 않은 편지". 슬픈 말이었다. 더 슬픈 말이 남아 있는지, 그것이 한 편지의 몸 밖으로 나왔는지 여전히 안에 있는지는 알 수 없게 되었다. 아무래도 상관이 없을 편지들은 해부되지 않은 채, 저절로 잊힐 미래를 기다리겠지. 지구에 모여버린 불운하고 평범한 인간들처럼.

구름처럼, 어쩔 수 없는 힘과 물질 앞에서는 한 번씩 철없이 엉엉 울었다. 사라지는 마음, 썩어가는 몸, 이제는 없는 사람, 남아버린 글자…… 그런 것들. 허수경의 시는 거의가 그런 것들이었다.

그러나 어느 날 날아가는 나무도

뿌리를 뽑고 날아가는 나무도
공중에서 자라나는 뿌리마저
제 손으로 자르며 날아가는 나무도
별 달을 거쳐 수직도 수평도 아닌 채
날아가는 나무도

공중에 집을 이루고
또 금방,
집 아닌 줄 알고 날아가리라

　　제 뿌리를 뽑고 공중으로 날아가는 나무를 본다. '흙 속은 너무 깜깜해' '나를 붙드는 흙 속은 너무 갑갑해', 라고 중얼거리며 공중으로 뿌리를 내딛는 무람한 싱그러움을 상상한다. 없는 길 위로 내딛는 나무의 발. 그걸 보며 무모한 짓이라고 혀를 내두르는 다른 나무들도 본 것 같다. 아무도 가지 않는 길. 누구도 시도하지 않는 일에 '뛰어드는' 사람에게도 똑같은 시선이 떨어진다. 그러나 바람이 불 때 그 바람에 몸을 맡기고 춤을 추는 건 오로지 '무모한 나무'다. 사방에 길을 내고 마음껏 흔들리는 나무. '하늘을 향해 뻗어 있는 뿌리'도 있다.

　　허수경 시인은 그 생명력을 '뛰어드는' 이라고 말하지 않고 "날아가는"이라고 말한다. "수직도 수평도 아닌 채" 비뚜름히 넘어지는 일은 곧 "자라나는" 일과 같다. 자라나는 일은 끝이 없어서, 나무는 공중을 벗어나서 더 모르는 공중으로 나아가는 숙명을 가진다. 이것이 나무의 푸르름과 시도하는 사람의 눈빛이 닮아 있는 이유이다. 자라는 나무. 허수경의 시에는 '무모한 나무'의 몸통에 새겨진 옹이와 같은 모양의 파문이 그려

져 있다. 그 파문의 겹을 헤아리다 보면 내 마음에도 싹
이 돋아난다.

내 마을 저자에는 주단집, 포목집,
바느질집이 있고

사내를 여읜 아낙들은 바늘 끝으로
사발뜨기 공그르기를 하고
인두질로 저며
주란치마 홑적삼 겹적삼을 이워내다

주단집 앞에 평상을 펴놓고
저고리 어깨에 금빛 잠자리를 수놓으며
이웃 고깃간에서 사 온 돼지고기 편육을 먹다

신전이야말로
잘 구운 혹은 잘 지진
살점이 필요한 곳

도살장은 신전의 제물을 준비하느라
다 늦은 밤에도
큰 무쇠솥에서는 김이 나고
큰 물통 안에서 짐승의 창자는
편안하게 흐느적거렸는지도

짐승의 머리는 푸줏간의 도마 위에서 편안하고
짐승의 다리들은 물통 안에서 편안하도다

아저씨, 고기 한 칼만 주세요
제물이 아니라 식욕 때문에 내가 사는 고기
식욕은 제사의 어머니
내 식욕은 내 여성성의 어머니

그때 그날
항구도시
전쟁은 아직 끝나지 않았고

전쟁 게시판에는 전사자 명단
다리 밑에는 고아들이
산언덕 성냥갑 같은 집에서는 과부들이
거리에서는 팔다리는 없고 심장만 남은 사내들이 딱
성냥을 팔았고

그 도시 어디엔가 있는 거대한 감옥에서는 산에서 잡
혀 온
사람들이 사형을 기다렸고
그 도시 유곽에서는
먼 나라에서 온 금속 나팔 소리

그때도 저자에서는 남성성을 일찍 여읜

아낙들이 내일 새로 생길 세속 신전을 위해 첫 밤 이불
솜을 탔고
　그 위에 벌 나비 원앙을 수놓았다

　내가 밥을 벌던 거리
　지상의 밥집 국솥에서는 오래된 도시에서 나던 인간
의 몸냄새가,
　망하는 것을 다 받아들이고도 또 한참을 더 늙어,
　어느 도시가 생식과 수유를 다 포기하듯 편안하게
　그래서 늙은 신들은 저 국솥에서 끓어
　내 밥상 위에서 노랗게
　장국에 삭은 근대 이파리처럼 건져질 때

　그때 어느 신전에서 갓 태어난
　젊은 신은 돈을 모아들이고
　나는 지상에서 가장 값싼
　늙은 신들을 달게 달게
　들이켠다

　왜 사람들은 사랑할 때와 죽을 때 편지를 쓰는가
　왜 삶보다 사랑은 더 어려운가
　왜 저 배우는 유럽의 어느 지하도, 더러운 하수장에서
죽어가면서도
　하수도를 따라 떠내려가는 편지를 잡으려고 하는가
　왜 저 여배우는 집에 틀어박혀 나오지 않는가

왜 어떤 흑인 여가수는 창녀 출신이고
어떤 여가수는 민권운동가인가

그때 바깥은 아직 눈을 뜨지 않았고
바람만 가만가만 지나가고
내 마을 저자에는 아직 주단집 포목집 바느질집이 있고

　오래 굶주린 후 강렬한 식욕을 느낄 때, 우리는 그저
한 그릇의 밥으로 생을 유지하는 유기체에 불과하다는
것을 통렬히 깨닫는다. 그에 반해 삶은 왜 이다지도 어
렵고 단순하지가 않은가. 왜 비극은 몇몇 이들만 찾아
가면서 밥때는 누구에게나 똑같이 찾아오는가. 왜 어
떤 이는 국밥을 만들기 위해 육수를 세 가지나 섞는데
어떤 이는 허기를 무시하고 독서에 열중하는가. 밥벌
이의 역사는 그 모든 이해되지 않는 것들과 함께 계속
되고, 그 한가운데에 이 시가 놓여 있다. 영문을 몰라
어리둥절하면서도 한 끼 한 끼를 기어코 지속해나가는
사람들을 똑바로 바라보고 있다.

　허수경의 시에서 다양하게 제시되는 '폭력'은 문명사를 성찰하는 자리에서 깊게 다뤄질 때가 많다. 이 시는 고국에서 간접적으로 체화했던 전쟁의 상흔, 그리고 그 상흔과 교차하는 절박한 생을 살아가는 이들의 아픔이 이 세계에 만연한 폭력을 마주한 위치에서 담론화되는 시이다.

　회상으로 구성된 것이라 짐작되는 이 시의 전반부에서는 전후戰後 일상을 새로 꾸려가는 여인들의 삶이 묘사된다. 활기가 있는 한편 폭력이 짙게 밴 일상을 살아가는 사람들. '나'는 그 아이러니한 활기 속 살벌함을 간파한 듯하다. 일상과 죽음의 흔적이 혼재된 곳. 사랑하는 이들을 잃었음에도 생을 지속해야 하는 곳. 잔학무도한 신에게 "제물"이 바쳐지듯 전쟁을 비롯한 폭력들에 생이 바쳐지는 곳. 세계는 그런 곳이다.

　여기서 비애감이 느껴지는 "식욕"은 일상과 폭력이 혼재된 세계의 부조리에 대해 '몸'으로 묻는 질문 그 자체가 아닐까. 특히 여성들의 가장 절박한 순간들은 질문으로 꿰어질 수밖에 없다. 남은 이들과의 상실감 어린 연대의 단초를 발견하게 하는 이 시의 후반부에서,

이어지는 의문문 문장들 또한 고스란히 우리를 관통한다. 세계는 왜 이렇게 폭력적인가. 절박한 질문을 던지는 여인들의 삶은 왜 절박해야만 하는가.

내 마을 저자에는 주단집, 포목집, 바느질집이 있고

베를린에서 전태일을 보았다

그해 겨울 나는
이 도시의 가장 큰 박물관에 있는
가장 작은 지하방에 있었다

1

고향에서 강제로 이주된 늙은 신들은 지상 전시실에
서 눈동자 없는 눈으로 흉곽을 들여다보고 있다 세계는
아직 점자가 아니고 눈동자 없는 눈으로 살펴야 할 세계
는 아직 태어나지 않았다 가자, 가자, 늙은 신들은 발목
없는 말을 재촉한다 지상 전시실 입장료는 4마르크이다

2

러시아에서 온 아낙들이 박물관 앞에서 붉은 별이 선
명한 군용 모자를 판다 그리스정교의 성모가 작은 조갑
지 같은 박분 통 안에 들어 있다 그들의 사제 중 하나가
성모를 위해 착한 시간을 바쳤다 5마르크에 그 시간을
살 수 있다

3

덜커덩, 전차가 지나간다
후루룩 국수를 먹는다
월남에서 온 키 작은 남자가 노랗게 볶은 국수를 판다
고기를 넣으면 4마르크, 고기를 넣지 않으면 3마르크이다

4

도시 전철 안에서 전쟁을 피해 온 가수는 노래한다 그
의 입안으로 탱크가 지나가고 탱크 안에는 목 잘린 태아
가 웅크리고 있다 1마르크에 태아를 구경할 수 있다

5

그의 얼굴은 희다 입술은 붉다 분주한 아침 길 맥주를
들고 버스 정류장에 앉아 그는 멀거니 세상을 들여다본
다 바쁜 세상의 아침을 축복할 수 있을까, 맥주가 있는
한 우리는 그의 축복을 받을 수 있다 1마르크 20페니히
이다

6

병원 문을 두드린다 살려주세요 허연 수술칼을 든 검
은 아버지 살려주세요

7

장례식이 있는 날은 유난히 맑다 사람들 사이로 배고
픈 검은 개가 서성인다

묘지가 있는 공원 앞에서 한 다발 꽃을 얻는다 4마르
크 50페니히이다

8

기억교회 옆에 극장이 있다 해 질 무렵 영화는 상영된다
눈시울 붉은 하늘 가만 눈을 뜬다

그렁그렁 종소리가 잠시 이 도시의 허공에 맺힌다

9

미라들이 박물관 지하에 있다 미라 옆방에는 거대한
항아리를 모아둔 방이 있다 그 방 위 지상층에는 유물을
수리하는 실험실이 있다 지하 복도에 서서 기침을 하면
개 짖는 소리 같은 기침 소리가 목으로 다시 기어 들어온
다 지하 복도에서 빵을 먹는다 80페니히, 건포도빵이다

　롱 테이크로 찍은 영화처럼 이 시에는 붉은 별 선명한 군용 모자와 노랗게 볶은 국수, 지나가는 전차, 노래하는 이, 손에 들린 맥주와 그렁그렁 넘어가는 종소리가 찬찬히 담긴다. 돈을 내기만 하면 죽은 태아도 구경할 수 있는 시대에 시인은 먼 나라의 가장 큰 박물관, 가장 작은 지하 방으로 향한다. 지상과 지하가, 밝음과 어둠이 교차하는 지점에서 비로소 우리가 살아가는 시대를 온전히 볼 수 있다는 듯이. 배고픈 검은 개와 서성이는 밤이 있다. 말 없는 존재들을 감각하는 시간이 있다. 밝은 지상에서는 보이지 않는 것들이 있다. 가장 어둡고 낮은 곳에서만 보이는 슬픔이 있다. 이 시는 높고 밝은 곳에 선 우리의 손을 가만히 이끌고 내려간다.

베를린에서 전태일을 보았다

두렵지 않다, 그러나 말하자면 두렵다

1

사방은 고요하고 해는 지친 아가 달 머지않아 푸르뎅
이곳으로 올 것이다

이렇게 적는다 옛날에 옛날에 (그런데 나는)

어미가 나에게 들려준 이야기:

다섯 살 난 나 집을 나갔던 모양 어미는 날 찾아다닌다

신 벗어놓고 한들한들 걸어가는 나 내가 벗어놓은 신
발을 신고 어미는 날 찾아다닌다

골목엔 개나리 그늘 골목 지나면 대나무 숲 대나무 숲
나가면 초등학교 들어가는 샛길 초등학교 교정 지나 교
감 관사 지나면 학교 뒷문

뒷문 지나면 강 강 건너 희미한 지붕

가까운 산 불쑥 검녹빛 어미 얼굴

강가 어미 누렇게 나를 부른다 나 어디로 가고 있다 그
소리 들은 적 없다

어미는 학교 변소로 작대기 하나 들고 들어간다

문 여섯 개 열고 쪼그리고 앉아 작대기 넣고 저어본다
멀겋게 게워내며 뒤로 넘어진다

여섯 문 다 열고 들어가도 난 없다 여섯 문 열고 들어
가 그 속 다 휘저어보아도 없다

어민 햇살 아래로 나와 게워낸다 멀겋게 멀그림하게
말갛게

마치 날 낳을 때처럼 절 게워낸다

어민 그날 날 다시 낳는다

그때 내가 어디로 갔는지 나는 모른다 지금 내가
그때, 내가 집을 나갔다 온 나인지 나는 모른다

난 마당에 앉아 있고
(그 옛날 이 집엔 백정이 살았니라)
어민 앉아 있다
(모기장은 마루방에 책은 아버지 방에 마루 밑에는 죽
은 소가 우글거리고 부엌엔 시커먼 염소탕 뚜껑 닫힌 우
물 안에 개가 빠져 죽었니라)
뒤안에서 석류나무가 죽어가는 소리

(소들은 따스한 손이 죽였고 차가운 개는 지가 지를
죽였니라 죽임을 당하는 것은 따뜻하지만 스산하니라
텅하니 비어오는데 덩어리가 눈앞을 가득 채우는 것처
럼 비어오는데 둥근 눈은 둥글게 감기는데)

어미는 둥글게 누워 있고
지를 죽였으니 푸르를 개는 컹 컹 짖으며 내 눈으로 차
갑게 박혀드는데
나는 세모로 앉았네

3

집 앞에 고물상이 있네 내가 태어나기 전부터 내가 태
어난 뒤에도 아주 오랫동안 있네
그 누군가 날 망태에 태우고 연자나무꽃 핀 골목을 걷

고 있다 내 엉덩이 아래 뭔가 있다 마분지 빈 병, 망태에
걸터앉아 내 키로 볼 수 없는 것을 본다

　삭은 양철 지붕 홈통에 물 떨어지네
　우물, 우물 옆에 놓인 플라스틱 빨래 비눗갑 그 위에
내의 한쪽
　허벅지 보이며 낮잠 자는 여자
　마루방 반쯤 걸려 있는 모기장
　방 안에 작은 들창
　거대한 그림 같기도 하고 움직이는 빛 같기도 한 그 무
엇이 촘촘히 집 안에 있는데
　병아리가 아장거리는 것 같기도 하고
　손찌검, 누군가 거들거들 죽어가는 가래 기침에 양철
지붕 아래
　그 안에 누군가 살고 있기는 한데

　유괴를 당한 아이가 마을 강가 어느 모래사장에서 발
견되다
　아이들은 빈 병을 들고 뚜우뚜우 불었네 혀에다 빛을
물었네 텅 빈 위장으로 빛은 진입하다

　빛 아래 빈 병들이 빛을 향해 입을 벌리고 있다 검은
아이들이 텅 빈 접시를 들고 있는 것 같다

4

사방은 고요하고 해는 지친 아가 달 머지않아 푸르덩
이곳으로 올 것이다

이야기가 그치면 노래가 시작될 것이다

오
은
경

두려움이라는 말은 어쩐지 낯섭니다. 두려움을 자각
하거나 발설하는 순간이 흔치 않기 때문이지요. 그러
나 시인은 두렵다고, 두렵지 않다던 말을 번복합니다.
그러면 두려움은 어디서 연유한 것일까, 하고 감정의
출처를 물을 수 있겠지요. 걷다가 길을 잘못 들어서는
순간일 수도 있고, 예기치 못한 만남에 깜짝 놀라게 되
는 때를 그려볼 수도 있습니다. 두려움은 일종의 비유
입니다. 모든 장면에는 '나'의 시선이 깃들어 있는데,
정작 시인은 현재의 자신과 과거의 '나'가 동일한지 확
신하지 못합니다. 전해져온 이야기가 시인보다 앞서
존재합니다.

　너무나도 빼곡하게 기억해낼 것만 같아 애써 외면했던 유년을 다시 추적해볼 때, 살아오고 있던 건지 죽어오고 있던 건지 잘 모르겠어. 그래도 도달한 오늘마저 쓸어 담아 결국 나의 삶에 보충하기까지. 사회적으로 양 끝에 한 번씩만 명명된 각자의 탄생과 죽음 사이에서, 우리는 몇 번이나 죽고 다시 태어나는 걸까. 초기화된 채로 지금부터 다시 살아가야 한대도 두려울 것도, 잃을 것도 없으니까 어쩌면 좀 용감해질 수도 있을 것 같아. 그런데 왠지 뒤통수에서 점점 깊어지는 이 어리둥절하고 막막한 표정을 목격하고 있는 이 시를 몇 번이고 들여다보게 된다.

이 지상에는

아직 태어나지 않은 아가들이 있고 해변 모래밭에는
아린 마늘잎이 돋아 흰 꽃은 우수수 바다를 건넌다

환幻을 기꺼워하는 마음은 수치를 껴안고 수천 개의
물결 속으로 들어간다 오 오 나의 그리움은 이제 자연사
할 것이다

  그리움은 자연사할 것이라는 문장에 밑줄을 긋고 오래도록 바라보았다. 허수경은 그리움의 시인이다. 그는 바다를, 아이들을, 전차를, 국수를, 삶과 죽음을 그리워한다. 그는 그리움을 죽이고 싶다. 그러나 그럴 수 없다. 그리움의 멱살을 잡고 흔들지언정 그리움을 죽일 수는 없다는 것을, 오직 그리움이 나이 들어 죽는 것만이 가능하다는 것을, 그저 기다릴 수밖에 없다는 것을 그는 안다. 기다리는 김에 그는 수천 개의 물결 속으로 들어가기로 한다. 그리움을 죽일 수 없다면 차라리 마음껏 그리워하기로. 그의 시는 미친 그리움의 일기장이다.

이 지상에는

"고향에서 서울로 서울에서 독일로 발굴을 하느라 시리아로 터키로" 다녔다는 '시인의 말'*을 다시 읽는다. 폐허가 된 옛 도시를 유랑하는 동안 그녀의 그리움은 무엇이었을까. '낮은 한옥' '골목' '식당' '주점' '햇물풀' '개울'이었을까. 작가 소개**에 적힌 "인간의 도시에서 새어나오던 불빛들이 내 정서의 근간"이라는 문장으로 그녀가 머문 길을 희박하게 유추해본다. 자라고 살아온 곳에 대한 정서가 군데군데 묻어 있지만 당장의 절절한 감정 또한 유한한 주기를 살다 사라질 것임을 그녀는 예감한다. 한국에 있는 지인들에게 돌아가리란 약속을 하지 않는 지혜를 배우면서. 그럼에도 남은 그리움마저 자연사시키며. 어쩐지 그녀가 예언하는 자연사는 불멸처럼 느껴진다. "섬광처럼 사라지는 것"***들을 더는 고통으로 읽거나 쥐지 않아도 된다고.

---

* 『내 영혼은 오래되었으나』, 문학동네, 2022.
** 『나는 발굴지에 있었다』, 난다, 2018.
*** 「늙은 들개 같은 외투를 입고」, 『내 영혼은 오래되었으나』.

바다가

깊은 바다가 걸어왔네
나는 바다를 맞아 가득 잡으려 하네
손이 없네 손을 어디엔가 두고 왔네
그 어디인가, 아는 사람 집에 두고 왔네

손이 없어서 잡지 못하고 울려고 하네
눈이 없네
눈을 어디엔가 두고 왔네
그 어디인가, 아는 사람 집에 두고 왔네

바다가 안기지 못하고 서성인다 돌아선다
가지 마라 가지 마라, 하고 싶다
혀가 없다 그 어디인가
아는 사람 집 그 집에 다 두고 왔다

글썽이고 싶네 검게 반짝이고 싶었네
그러나 아는 사람 집에 다, 다,
두고 왔네

불가능은 종종 우리를 덮쳐온다. 하늘과 물의 경계를 구분할 수 없는 검은 바다를 바라보는 듯한 감각. 몸을 일으켜서 이불을 정리할 수도 머리를 감을 수도 컵라면을 씹어 목으로 넘길 수도 없을 것 같은 느낌. 이 시에서 불가능의 감각은 감각의 불가능으로부터 온다. 바다를 잡을 손이 없어 울고 싶지만 눈물을 흘릴 눈이 없고, 가지 말라고 말하고 싶지만 발음을 할 혀가 없다. 만질 수도, 볼 수도, 말을 할 수도 없는 감각의 불가능 속에서 화자는 아는 사람을 생각한다. 몸을 떼어놓고 온 아는 사람의 집, 그 집에 결코 돌아갈 수 없을 것만 같다. 그러므로 나의 일부를 되찾을 수 없고, 울지도 검게 반짝이지도 못하는 깊은 불가능 속에서 탄식하는 것이다. 우리는 돌아갈 수 없는 장소에 두고 온 나의 조각들을 생각하며 바닷가를 서성이는 것이다.

바다가

동천으로

그 꿈에서 깨어날 수 없네 낯선 기차에서 내리듯 그 꿈에서 내려올 수 없네 내가 내린다면 넌 혼자 그곳에 있을 것이므로

고름 진 달과 허더벙한 갈빛이 일렁이는 꿈, 누군가 도시 해변에 앉아 둔벙살이 돋은 발뒤꿈치를 씻는 꿈

어제 막 태어난 별빛이 사금파리에 찔리는 꿈, 동천으로 동천으로 안개가 자망자망 걸어가는 꿈

　누구나 꿈에 두고 온 이들이 있다. 이름도 얼굴도 모
르는 자들. 꿈에서 깨어나지 않을 수는 없으므로 나는
눈을 뜬다. 지난밤의 그들은 빠르게 멀어져간다. 낯선
기차가 속력을 높여 멀어지듯이. 어젯밤과 같은 꿈을
오늘도 바라지만 그 꿈은 이미 끝나 있고 나는 이해할
수 없는 무늬의 절단면만을 가지고 있다. 그것은 침대
에 누워서 이불을 덮고 있는 내 위에 버젓이 올라와 있
다. 나는 그것을 쳐다보지 않을 수 없다. 무늬는 자꾸
반복되고 나는 그 무늬를 그려낼 수 있지만 그게 무엇
인지는 모른다. 차라리 이게 꿈이었으면 좋겠지만 저
것은 당신이 아니다. 당신은 여기 없다.

모르고 모르고

　해초를 다듬으며 조개를 까며 아이들은 찬송가를 부른다 이모님 다섯 분이다 지금은 발전소가 멀리 보이는 해변에 앉아, 그때 아이인 이모님들은 발전소가 40년 뒤에 들어서는 것도 모르고 찬송가를 부른다

　조갑지마다 굴이 돋아드는 아린 빛에 짚여 큰이모님인 아이는 자꾸 길을 나서고 싶다 큰이모님은 나중에 정종 기술자에게 시집을 가서 애 다섯을 낳는다 정종 기술자는 큰이모님을 버리고 바다에 술을 푸러 나갔다

　과부가 찬송가를 부른다 조개를 까며 해초를 다듬으며 돌아오지 않는 바닷빛에 잡혀 큰이모님은 길을 나선다 바닷길에 가서는 돌아오지 않는다 훗날 정종 기술자에게 시집을 간 그 아이가 정말 내 큰이모님이었는지 물결이 기우뚱하는 것도 모르고 아이인 네 분 이모님은 찬송가만 부르신다

　다섯 아이들 모두 자망자망 꿈으로 들어가고 찬송가만 그 바다에 남아 그 바다에 가면 들려오지요 그 바다에 가면 들려오지요

　허수경의 시는 경계를 넘나든다. 안과 밖, 보는 자와 보이는 자, 주체와 객체, 꿈과 현실, 죽음과 삶을 토끼처럼 깡충거린다. 이 시는 아이들이 바닷가에서 찬송가를 부르는 장면에서 시작한다. 바로 이어지는 문장 "이모님 다섯 분이다"에서 과거의 시간은 미래로 깡충 넘어간다. 훗날 정종 기술자에게 시집을 간 큰이모님은 바다에서 남편을 잃는다. 이 모든 이야기를 모르는 과거의 아이들은 찬송가를 부른다. 아이들이 모두 꿈으로 들어가고 찬송가만 바다에 남는 마지막 장면은 모두가 사라지는 미래 혹은 모두가 없던 과거를 말하는 것만 같다. 그 모두가 있었다는 증거는 바다에서 들리는 찬송가뿐이다.

비행기는 추락하고

　가을 갈 무렵 구두 신은 처녀들 춤추러 가고 사내를 만나 어디론가 자러 가고
　아직 교복을 입은 노인들 길 위에서 길 묻고 울고 까닭 없이 울고

　겨울 왔다

　여기 비었다

　돌아올 수 없는 사람 많고 이룰 수 없는 일 많고 돌아와 지렁이 되고 여치 되고 쇠스랑 되고

　쇠침 쇠뜨기 푸른 이상한 해들 사방에서 뜨고

　돌아오지 않는 연인의 가무덤 뒤집고 공장 서고

　아가들 아장거리며 공장에서 일하고 손은 쇠 덩쿨 되고

　머리는 하얗게 성에를 인 냉동관이 된다
　냉동관 안에는 토끼, 귀를 둥글게 말고 얼어 있다

　이렇게 이렇게 옆으로 흘러가는 시간이 어떻게 해서 '순환'이라는 걸 해내는지 정말 알다가도 모르겠다고, 그런데 그 모르겠음이 삶인 것만 같다고 『내 영혼은 오래되었으나』는 말하는 듯하다. 그러니까 이렇게 이렇게 옆으로만 흐르는 문장과 흘러가버리는 시간과 "이룰 수 없는 일"과 "돌아오지 않는 연인"이 어째서 그 불가역성에도 불구하고 용케 "돌아와" "귀를 둥글게 말고 얼어 있"는 토끼의 모습으로 머릿속에 영원히 똬리를 틀 수 있는 건지. 허수경 시인은 이 양립 불가능해 보이는 두 가지 시간의 공존을, 즉 직선의 시간과 동그라미의 시간의 양립을 시詩로 보여주고 싶어 한다.

　나는 행갈이 없이 한 문단으로 이뤄진 『내 영혼은 오래되었으나』 앞부분의 작품들이 분명 이를 잘 보여준다고 생각하여, 처음엔 「아픔은 아픔을 몰아내고 기쁨은 기쁨을 몰아내지만」이나 「어느 날 애인들은」을 꼽으려고 했으나 후반부의 이 시를 보고 마음을 바꿨다. "비행기는 추락하고"라는 제목을 달고는 이렇게나 둥근 시라니, 하고 생각했다. 마치 비행기가 추락하고 나서부터 이 끝없는 삶의 굴레가 시작되기라도 한 것인 양 느껴져서 아뜩해졌다. 쓸쓸했다.

폭발하니 토끼야!

시장에 토끼가 걸려 있네
털도 가죽도 다 벗기우고 벌겋게 매달려 있네

털과 가죽은 아가들에게로 가서 귀를 덮어주었지요
고기는 누군가 바구니에 담아 갔고요

먼바다 굴뚝에서 토끼를 제사 지낸 연기가 피어올랐네

오늘은 기름 넣으러 왔어요, 의젓한 척 토끼는 차 안에
앉아 있다 주유소 주인 토끼를 흘낏 보고 혼잣말을 한다

한 줌도 안 되는 게 거들먹거리네

차 안에 앉아 있던 토끼, 씽긋 웃으며 벌건 몸을 가스통
에 던진다

폭발하니 토끼야?

그럼!

그러지 말지……

우는 토끼를 달래네
먼바다 거북 눈을 껌벅거리며 연기를 바라보네

토끼가 가스통으로 뛰어든다. 이런 거 좋아해도 되나? 이 토끼, 가죽을 빼앗기고 고기가 되어 사방으로 흩어지고 주유소 주인에게도 무시당한다. 마지막이 최악이다. 고기도 아니고 가죽도 아닌데 눈물 흘리는 부위가 있다. 팔딱팔딱 뛰어다니는 그걸 토끼라고 불러보면 어떨까. 귀엽다고? 고기도 가죽도 아닌 토끼, 잔디밭에서 희희낙락하면 좋으련만. 폭발 후에도 여전히 벌건 눈이 되어 타오른다. 후회해도 소용없다. 점잖은 척해봤자 가스통으로 뛰어들지 않고는 못 배기는 그게 있다. 한 줌도 안 되는.

어느 눈 덮인 마을에 추운 아이 하나가

아이의 동무는 작은 모닥불이다 바람이 아주 센 날 아이는 자꾸 모닥불로 다가가 손을 벌린다 손을 불 속으로 집어넣는다

다리
머리
가슴

그다음 해 이 마을에 눈이 왔는지 모닥불이 다시 피어올랐는지 아무도 모른다

곰이 반짝이는 혀로 아이의 뼈를 어루다가 입안이 헐었고 곰의 뱃속에 다시 눈이 내렸고 그것만을 이 눈 오는 밤에 상상할 수 있을 뿐

삶이 아득하기만 할 때 이 시를 여러 번 읽었다. 꼭꼭 씹어 먹듯 읽고는 길을 걷고 집에 돌아와 언 몸을 씻고 잠자리에 누워 이불을 코끝까지 올리며 생각했다. 작은 모닥불 속에 손을 집어넣는 아이를. 몸과 마음이 다 타버렸어도 아이는 여전히 얼어붙어 있는데, 어디선가 곰이 나타나 혀가 헐 때까지 아이를 어른다. 아이의 추위를 자신의 배 속에 품는다. 곰의 배 속에 쌓인 추위는 눈이 되어 내린다. (눈)물의 순환 같은 이 추위와 슬픔의 고리를 생각하면, 불쑥 등장한 곰의 돌연함이 좋고, 옳고, 아름답다고 느낀다. 눈이 내릴 때마다 이 세계가 곰의 배 속이라고 믿고 싶어진다.

마음이 추울 때 잠시 곁을 내어 준 다정한 이에게 깊이 의지한 적 있었다. 시 속의 아이처럼 눈보라 치는 설원 한가운데 놓인 심정으로. 아무리 작은 모닥불일지라도 춥고 외로운 사람에게는 일생을 쏟아 함께 휩싸이고 싶은 구원의 빛으로 느껴지기도 하니까.

이 시를 만난 이후로 눈 오는 날이면 반사적으로 모닥불과 아이와 곰이 떠오른다. 위험하고도 낯선 타자를 욕망하여 뜨거운 혼란 속으로 끌려드는 겨울의 한복판. 죽음에 이르는 황홀경과 뒤섞임, 불거진 욕망의 안쪽에서 추운 아이가 떨며 걸어 나온다. 이후의 일은 눈보라에 휩싸인 마을처럼, 불길이 지나간 자리처럼 돌이켜 "상상할 수 있을 뿐". 따듯함을 갈구하는 손으로부터 시작되어 다리(다가감)-머리(자각)-가슴(감정)으로 진행되는 전개 또한 사랑이 흘러가는 순서와 닮았다(시를 뒤에서부터 거꾸로 읽어보아도 멋지다).

타오르는 불을 향해 호기심과 간절함을 담아 손을 뻗는 황홀. 자신의 존재를 산산조각 내어 흩어버리는 간

구의 순간. 그렇게 타올랐던 흰 재가 곰의 배 속에서 다시 눈송이로 휘몰아치는 마지막 장면은 허수경식 사랑의 귀환이자 사라지는 방식의 구원이다. 눈과 불, 외로움과 치명, 매혹과 공포가 만나는 장면을 이토록 신비롭고 내밀하게 그려낸 시가 또 있었던가. 「어느 눈 덮인 마을에 추운 아이 하나가」는 내가 생각하는 섹슈얼리티에 대한 가장 아름다운 우화다.

어느 눈 덮인 마을에 추운 아이 하나가

청동의
시간

시간
감자의

새벽 발굴

아직 해는 도착하지 않았습니다만
이곳으로 올 것만은 확실합니다
이삼 초 간격으로 달라지는 하늘빛을 보세요
마치 적군의 진격을 목전에 둔 마을
여인들의 공포 같은
빛의 움직임

해가 정격 포즈로 하늘을 완전 점령하고 나면
이 발굴지를 덥석 집어 제 식민지를 건설합니다
사탕수수도 목화도 자라지 않는 이 폐허
해는 이곳에 아찔한 정적을 경작하고
햇빛은 자유 데모보다 더 강렬하게
폐허의 심장을 움켜쥐지요

사방으로 줄자를 두르고
칼로 잘라낸 듯 땅을 나누고
(기록을 위해 만들어진 이 기술은 귀여워요, 감쪽같이
당신이 이 지구에 있었던 마지막 자리를 남북경위도 숫
자로 딱 매겨내지요, 그리고 제가 지금 기록하고 있는 격

자 안에 든 작은 발굴지 지도를 좀 보세요, 그 안에 점을 찍
으면 그 점이 당신의 마지막 지상의 자리가 됩니다)

그대들은 누구이신지요 앉은 다리로 서쪽을 향해 머리를
두고
이 무덤 안에 든 그대들은 누구인지요
햇빛이 나오자마자 날아오는 초원의 파리 떼들
아직 산 자의 뜨거운 얼굴 땀으로 엉겨드는 파리 떼들

이름 없는 집단 무덤
해골 없이 다리뼈만 남아 있거나 마디가 다 잘린 손발을
가진 그대들
해와 달이 다 집어 먹어버린 곤죽의 살덩이들은
흙이 되어 가깝게 그대들의 뼈를 덮었는데
아직 흙에는 물기가 남아 있어
비닐봉지에 그대들을 담으면 송송 물이 맺힙니다

그대들은 누구인지요 심장 없는 별을 군복 깊숙이 넣고
사는
그대들은 누구인지요 저 초원에 사는 베두인들이
별에 쫓겨 이 폐허로 들어와 실타래 같은 짠 치즈를 팔고
해에 쫓겨 헉헉거리다 잠시 하는 휴식 시간,
설탕에 절인 살구를 치즈와 함께 목구멍으로 넘기는
이 점령지 폐허에서 그대를 발굴하는
이는 또 누구인지요

저 해는 제 식민지를 잘 관리하는 이를테면 우주의 소작인
인데
　그리하여 우주보다 더 혹독하게 폐허의 등허리를 누르는데
　흙먼지 미립 속에 찬연히 들어와 움직이는 식민 권력 속에
　목마른 이는 물을 구하러 마을로 가고
　폐허에 남은 이는 그대가 든 비닐봉지에 구멍을 뚫어주며
　그대의 마지막 물기를 말리고 있습니다

어떤 일들은 새벽을 틈타야 한다. 들키지 않도록.
그래도, 아침이 올 것이다.

허수경의 세계에서, 해가 경작하는 침묵 속에서 감
자는 자라고 청동은 묻힐 것이다. 감자를 먹고 자란 아
이들은 군인이 될 것이다. 손에 청동을 쥐고 이내 묻힐
것이다. 그 위로 다시 감자가 자랄 것이다. 이듬해 썩는
것. 내내 영원한 것. 땅이 두꺼워진다. 혹독한 태양의
식민지 아래에서, 사람들은 내리쬐는 햇살을 등으로
받으며, 갈라지며, 노동한다. 폐허가 될 때까지. 폐허
가 되어서도. 생존과 폭력을 발굴하며, 비닐봉지에 물
방울이 맺힐 때까지 숨을 쉰다. 가쁘게. 내쉰 숨을 다시
들이마시며.
그리고 마지막 물기를 말려주는 손길. 온전히 썩게
두려는 마음도 다정함이라면.

새벽 발굴의 풍경은 허수경이 바라보는 세계의 풍경
이다.

오늘도 사람들은 해를 따라 걷는다.

햇빛이 좋아서. 산책을 한다.

폐허에서.

그때 달은

그때 달 하나 마치 나를 그릴 것처럼 저 혼자 내 속에서 돋아나더니 내 속을 빠져나가 걸어가기 시작했습니다 어둠에 감추어져 있던 나는 그렇게 빛 아래 서게 되었는데 (어쩌다가 내 속은 달을 돋아나게 했을까, 일테면 파충의 기억을 내 속은 가지고 있었던가) 후두둑 까마귀가 날아가는 소리 컹컹 늑대 우는 소리 저 먼 산이 나무들을 제 품속에서 끄집어내어 올빼미를 깃들게 하고 (그때 또 달 하나 저 혼자 내 속에서 돋아나더니 내 속을 빠져나가) 먼저 걸어 나간 달이 새로 걸어오는 달을 성큼 집어 먹자 산은 깃든 올빼미를 얼른 품으로 끌어안아 들였습니다 (그때 또 달 하나 저 혼자 내 속에서 돋아나서는 내 속을 끌고 허공으로 걸어갔습니다) 달을 집어 먹은 달은 새로 걸어오는 달과 내 속을 바라보았습니다 그때 빛 속에 서 있던 나는 내 속을 성큼 집어 먹었습니다 우리는 그렇게 서로 바라보았습니다 내 속에서 돋아든 달과 내 속을 집어 먹은 나는 그렇게 서로 바라보았습니다 조금은 과장된 이야기일지도 모르지만 『슬픔만 한 거름이 어디 있으랴』의 '달'과 『청동의 시간 감자의 시간』의 '달'을 한자리에 겹쳐 읽어볼 수 있을까. 마치 러시아 전통 인형처럼 내가 나를 벗는 일, 그것을 먼 시간을 거슬러 올라 파충의 기억을 가지는 것이라 할 수 있다면, 이런 가정도 가능한 일이 아닐까. 계속해서 겹겹이 포개지는 나와 내 '달'은 얼마나 같으며 얼마나 다를까. 사슬처럼 이어지는 물림에 대해 종종 생각한다. 끝없이 거슬러 가다 보면 분명 파충도 있고 태초의 바다도 있을 텐데, 그토록 먼 것이 자꾸 생각나는 이유는 시간이 아코디언처럼 접혀 나선의 층계처럼 펼쳐지는 장면을 보기 때문이 아닐까. 자꾸 다 보게 되면 '청동의 시간'도 '감자의 시간'도 감각하게 되는 것 아닐까. 흙속에서 천천히 스미는 두근거리는 감각. 그렇게 원시의 '나'와 '내'가 무연히 서로를 마주 보는 순간이 바로 시라고 하면 안 되는 걸까.

그때 달은

해는 우리를 향하여

까마귀 걸어간다
노을 녘
해를 향하여

우리도 걸어간다
노을 녘
까마귀를 따라

결국 우리는 해를 향하여,
해 질 무렵 해를 향하여 걸어가는 것이다

소문에 의하면
해 뜰 무렵 해를 향하여 걸어갔던 이들도 있다고 한다

이를테면, 나이 어려 죽은
손발 없는 속수무책의 신들이 지키는 담장 아래 살았
던 아이들

단 한 번도 죄지을 기회를 갖지 않았던

아이들의 염소처럼 그렇게

폭탄을 가득 실은 비행기가 날아가던
해 뜰 무렵

아이와 엉겨 있던 염소가
툭 툭 자리를 털면서
배고파, 배고파, 할 때

눈 부비며 염소를 안던
아이가 염소에게 주던 마른풀처럼
마른풀에 맺힌 첫날 같은 햇빛처럼

   '청동의 시간 감자의 시간'은 전쟁을 겪고 난 후에
이야기될 수 있는 시간이에요. 혹은 새로운 전쟁이 벌
어지기 전 징후적인 시간이에요.

   까마귀는 해를 향해 걷고, 우린 까마귀를 향해 걸어
가요. 까마귀는 날지 않고 우린 까마귀를 쫓아 해 뜨는
곳으로 향해요.

   "해 뜰 무렵 해를 향하여 걸어갔던 이들"이 "담장 아
래 살았던 아이들"이라면 한나절은 생의 은유일 수 있
겠지요. "해 뜰 무렵"은 전쟁의 하루가 시작되는 아침
이겠지요. 이러한 하루를 살며 밤과 닮은 까마귀를 쫓
아 해로 향하는 우리는 어디로 가게 되는 것일까요?

   허수경 시인은 "결국 우리는 해를 향하여,/해 질 무
렵 해를 향하여 걸어가는 것"이라고 말해주어요. "폭
탄을 가득 실은 비행기가 날아가"는 세계에서 염소에
게 마른풀로 끼니를 챙겨주는 아이들의 마음이 해 질
무렵의 태양으로 우리를 이끄는 것은 아닐까요?

   까마귀는 날 수 없고, 염소는 "마른풀에 맺힌 첫날
같은 햇빛"으로 허기를 달래는 동안 "해는 우리를 향
하여" 끝내 비추는 것이겠지요. "죄지을 기회" 없이

"속수무책의 신들"이 되지 않도록 우리가 해를 향하여 걷는 동안 해도 우리를 향하여 다가오는 것이지요.

밤 지난 뒤에 깨어나 "배고파, 배고파, 할" 수 있도록 우리는 살아남은 것이겠지요.

대구 저녁국

    대구를 덤벙덤벙 썰어 국을 끓이는 저녁이면 움파 조
곤조곤 무 숭덩숭덩
    붉은 고춧가루 마늘이 국에서 노닥거리는 저녁이면

    어디 먼 데 가고 싶었다
    먼 데가 어딘지 몰랐다

    저녁 새 벚나무 가지에 쪼그리고 앉아
    국냄새 감나무 가지에 오그리고 앉아

    그 먼 데, 대구국 끓는 저녁,
    마흔 살 넘은 계집아이 하나
    저녁 무렵 도닥도닥 밥한다

    그 흔한 영혼이라는 거 멀리도 길을 걸어 타박타박 나
비도 달도 나무도 다 마다하고 걸어오는 이 저녁이 대구
국 끓는 저녁인 셈인데

    어디 또 먼 데 가고 싶었다

먼 데가 어딘지 몰랐다

저녁 새 없는 벚나무 가지에 눈님 들고
국냄새 가신 감나무 가지에 어둠님 자물고

대전에 살면서 대구를 궁금해했다. 대 자로 시작하는 두 글자인 것이 같고 분지로 되어 있는 환경이 비슷해서, 콕 짚어 말할 수는 없지만 어딘가 닮아 있을 것만 같았다. 그러나 실제로 대구에 가본 것은 재작년이고, 대구라는 이름의 생선을 먹어본 것은 스무 살이 넘어서였다. 그러니 대구를 덤벙덤벙 썰어 끓인 국은 나에게 대구만큼 멀리 떨어져 있었다. 어딘지 모르지만 그래서 언젠가는 꼭 가보고 싶은 곳. 허수경 시인에게 그런 곳은 독일이 아니었을까? 그녀라면 독일의 노을을 보며, 붉은 고춧가루가 끓고 있는 대굿국을 떠올렸을 것 같다. 비록 육체는 그곳에 머물러 있더라도 영혼은 먼 길을 타박타박 걸어오고 있었을 것 같다.

대구 저녁국

연등빛 웃음

소녀가 웅크린 그 부엌 안에
작은 불을 켜며 라디오를 켜며
많은 나날들이 연빛 웃음처럼
소녀 또한 연등빛 웃음처럼

폭약 많은 오후조차
서기들에게 기록되지 않는 (너무나 흔한데요, 뭘, 등
뒤에서 저 개들이 또
서기들의 어깨를먹어치울텐데요)
현대,라는 나날 인간 이야기

그러나 어느 날
우리들이 먹은 닭다리가 저 천변에 해빛에서 아득해
질지라도
소풍 가는 날
가만히 옷장을 보면 아직 개키지 않은 옷들이
들어 있어도
그냥 둡시다

갈잎 듣는 그 천변에서
우리는 다시 돌아올 것이므로, 돌아올 것이므로
그날 그 소풍에 가지고 갈
닭다리를 잘 싸고 포도주 두어 병도 준비하고

그대가 내 오라비로만
이 지상에서 그대가 나의 누이로만
이 지상에서 살아갈 것을 서약은 할 수 없을지라도
오 오 소풍을 갑시다, 울지 맙시다

  씌어진 것보다 씌어지지 않은 것이 더 많은 시는 세
상에 많다. 웃음처럼, 너무나 많은 것이 태어나는 동시
에 조금씩 옅어지고, 어떤 슬픔은 제대로 기록되지 않
고, 무자비하고 끔찍한 일들 또한 제대로 알려지지 않
는다. 기록하는 자들도 온전히 기억하지 못하고, 누군
가에게 기억되지 못한다. 씌어진 것보다 씌어지지 않
은 것이 훨씬 더 많다. 복원할 수 있는 기억보다 잃어버
린 기억이 훨씬 더 많다. 기억에 대한 작업은 늘상 그런
식이다. 시인들은 기억하는 일이 얼마나 중요한지 웅
변하다가도, 묘한 서글픔으로 귀결하고 만다.

  「연등빛 웃음」은 내가 가장 사랑하는 허수경의 시
다. 허수경은 누가 먹고 버린 닭 뼈처럼 조각조각 천변
에 남겨졌다. 그래서 나는 조금 울고 싶어지는데, 허수
경은 웃음처럼, 소녀처럼 온전하지 않은 모습으로 말
을 건다. 사라지는 건 괜찮지 않다고. 기억되지 않는 건
하나도 괜찮지 않다고. 하지만 울지 말라고. 이상하게
나는 울음을 뚝 그친다. 여기엔 웅변도 없고, 귀결도 없
다. 내겐 소풍이 혁명 같다.

연등빛 웃음

그해 사라진 여자들이 있다

그해 들판에는 꽃이 유난히도 많이 피고 꽃 진 자리에
서는 잎도 무성하게 돋아 나오다 잎은 오랫동안 가지에
달려 있고 그 아래에서 소들은 잘 쉬다 염소에게 말을
걸고 장난을 치던 토끼는 연둣빛 풀을 배불리 먹고 작은
토끼를 낳고 들판을 아가 토끼와 걸어다니다 여자들은
아가 토끼를 사랑하여 그 옆에서 책을 읽고 수를 놓다
가지고 온 점심 도시락을 열어 까르르거리며 맑은 장아
찌를 흰밥에 올려 먹다 그리고 그해 들판에는 해도 자주
나와서 여자들의 등을 만져주다 여자들은 해를 껴안고
깊이 잠이 들기도 하다 바람이 지나갈 때 잠깐 깨어나서
눈을 부비다 구름은 나즉하고 하늘은 깊다 저 멀리서 들
려오는 비행기 소리는 이 세상 소리가 아닌 것처럼 맑다
여자들은 다시 눈을 감으며 멀리 잠이 들다 그해 사라진
여자들이 있다 그해 들판에서 많은 짐승들이 평안할 동
안 멀리 잠이 든 것처럼 사라진 여자들이 있다

 그해 손잡은 여자들이 있다.

 그해 숲에는 메꽃이 많이 피어 여름 볕을 진하게 품
다 이름을 몰라 잡초라 부르는 연녹색 풀이 바람에 흔
들리는 모습을 보다 이내 정수리가 따뜻해진 여자들은
걸음을 옮겨 메타세쿼이아 그늘 아래로 숨어들어 하늘
을 향해 곧게 뻗은 키 큰 나무를 올려다보다 서로의 얼
굴을 사진 찍으며 한참 까르르 웃다 사랑이나 우정, 평
화 같은 둥근 발음을 주고받다 그리고 산책 나온 강아
지의 표정을 따라 지으며 숲을 건너온 바람에게서 나는
젖은 풀냄새를 맡다 머리카락 사이사이 젖은 풀냄새가
스며들고 벤치에 앉아 누군가 사 온 구슬아이스크림을
녹여 먹다 말없이 숲을 바라보다 지난날 사라진 여자들
을 생각한다 다시 말없이 서로를 바라보다 손을 잡는다
사라지지 말자 숲이 타오르더라도 사라지지 말자 손을
잡는다.

빛 속에서 이룰 수 없는 일은
얼마나 많았던가

빛 속에서 이룰 수 있는 일은 얼마나 많았던가 이를테면
시간을 거슬러 가는 일, 시간을 거슬러 가서 평행의 우주
까지 가는 일

그곳에서 나는 내 아버지에게서 태어나지 않는다
그곳에서 나는 내 어머니에게서 태어나지 않는다
나는 다른 부모를 가지고 다른 이름을 가지고
내 육체는 내가 가진 다른 이름을 이루어내고

그곳에서 흰빛의 남자들은 검은빛의 여자들에게 먹히고
  (그러니까 내가 살던 다른 평행에서는 거꾸로였어요,
검은빛의 여자를 먹는
  흰빛의 거룩한 남자들이 두고 온 고향으로 돌아가는 꿈
을 자꾸 꾸며 우는 곳이었지요)
  나는 내가 버렸던 헌 고무신 안에
  지붕 없는 집을 짓고 무력한 그리움과 동거하며
  또 평행의 우주를 꿈꾸는데

그러나 그때마다 저 너머 다른 평행에 살던 당신을 다

시 만나는 건 왜일까,
　　그건 좌절인데 이룬 사랑만큼 좌절인데
　　하 하, 우주의 성긴 구멍들이
　　다 나를 담은 평행의 우주를 가지고 있다면

　　빛 속에서 이룰 수 없는 일은 얼마나 많았던가 이를테
면 시간을 거슬러 가서 아무것도 만나지 못하던 일, 평행
의 우주를 단 한 번도 확인할 수 없던 일

　이곳이 아닌 다른 곳에서 태어난 나를 찾기 위해 아무리 스케치를 해도 그 풍경을 거울에 비춰 보면 내가 누워 있는 방 안이다. 스케치 안의 나는 침대에 거꾸로 매달려 아침이 지나가기를 기다린다. 자매가 없는 나, 연애에 능숙한 나, 지도를 잘 보는 나, 외국어에 익숙하고 외로움과 동등하게 싸우는 나, 마음 내키면 혼자 먼 곳으로 떠났다가 되돌아올 줄 아는 나. 그러니까 내가 아닌 다른 사람. 존경하는 낯선 사람. 모르는 나는 타지의 책상 앞에 앉아 있고, 결국 나와 같은 얼굴을 하고 같은 방식으로 웃는다. 우리는 영원히 서로를 이해할 수 없을 것이다. 내가 나를 이해할 수 없는 것처럼. 흰빛의 남자들이 검은빛의 여자에게 먹힌다고 해서 다른 세계의 여자를 이해하게 되지는 않는 것처럼. 혼자인 상태가 간절해 지붕 없는 무력한 집 안을 그리워하는 사람이 서 있다면 나는 이 시를 펼쳐 들어 한 연씩 번갈아 읽자고 말할 것이다. 평행의 우주 같은 것 없이도 당신을 만날 수 있게.

　　　　　빛 속에서 이룰 수 없는 일은 얼마나 많았던가

　이국에서의 산책 끝에 숨겨진 묘지를 발견한 적이 있다. 무심히 지나치면 작은 텃밭으로 기억될 법한 소박한 묘지였다. 발목 높이의 깨진 벽돌담이 경계를 짓고, 빛이 닿는 묘비 사이사이에 수풀이 낮게 자라났다. 얇게 박제된 것 같은 마른 꽃과 투명한 유리 화병이 옅은 바람에도 흔들렸다. 나는 주변보다 조금 투명해 보이는 것 같은 그곳에 잠시 숨어들었다. 차고 매끄러운 묘비를 쓰다듬거나 흰 먼지가 쌓인 이국의 이름들을 따라 읽었다. 깨진 이름들을 매만지기도 했다. 단어처럼 둥근 돌을 쌓아두었다. 그러면서 나는 사라지고 잊히는 어떤 언어를 단숨에 익히는 듯했다. 흰 먼지가 쌓이고 몸이 깨진 언어였다. 돌과 뼈의 언어였다.

　가만히 기억을 짚어보면 묘지에 숨어든 때 나는 조금 다른 사람이었던 것 같은 느낌이다. 외부에서 나는 고요한 외국인으로 비쳤겠지만, 나의 내부는 고요한 외계인에 가까웠다. 나는 현실의 장소를 의심하지 않으면서도 또 다른 현실에 머무는 기분에 휩싸였다. 아마도 평행 우주 어딘가 가장 먼 거리에 또 다른 내가 있다면 나는 그 존재와 닮았을 것이다. 꼭 닮아서 따듯해진 존재들이 있다면 우리였을 것이다. 그 누구도 아닌 가장 먼 거리의 나를 닮아 있던 일을 떠올리면, 먼 빛 속의 나를 그 어떤 우주의 버전보다도 깊게 이해할 수 있을 것 같다. 동시에 먼 빛 속의 내게 깊게 이해받는 일이 가능할 것만 같다.

나는 한낮의 묘지에서 보았던 흰 뼈를 기억한다. 빛을 발하던 새하얀 뼈. 가까이 다가가보니 그것은 뼈가 아니었다. 흰 꽃이었다. 더 가까이 다가가니 그것은 흰 꽃이 아니었다. 막 피어난 듯한 깨끗한 종이였다. 종이는 부드럽고 차갑고 눈부시게 하얬다. 그 순간 나는 가벼운 그리움을 느꼈다. 가본 적 없는 어떤 세계나, 닿을 수 없는 먼 존재에 대한 그리움이었다. 가장 먼 빛 속의 또 다른 내가 있다면 그는 새하얀 종이를 발견했을 것이다. 가까이 다가가니 흰 꽃이었을 것이다. 더 가까이 다가가니 흰 뼈였을 것이다. 우리는 흘러간 과거의 무엇을 흐르는 예감처럼 기억할 것이다. "빛 속에서 이룰 수 없는 일은 얼마나 많았"는지. 우리는 빛 속에서 이룰 수 있는 일을 시작할 것이다. 나는 작고 아름다운 묘지에서 흰 종이를 접어 땅에 묻어두지만, 가장 먼 우주의 나는 흰 뼈를 묻어둘 것이다. 우리는 흰 뼈와 흰 종이를 물성 없이 주고받을 것이다. 그 흰빛은 모국어도 외계어도 아닌 우리의 언어로 남겨진다.

여름 내내

　사과나무 아래서 책을 읽었습니다, 책 제목……, 기억
나지 않네요, 사과가 아주 작을 때부터 읽기를 시작했는
데, 점점 책 종이가 거울처럼 투명해져서 작은 사과알들
을 책을 읽으면서 볼 수 있었습니다. 점점 책 종이가 물
렁해져서 책 주위에서 어슬렁거리던 사과알들이 책 안
으로 들어갔습니다, 활자도 사과알을 따라 책 안으로 들
어갔습니다, 책은 물렁해졌고 물처럼 흐르려고 했어요,
물처럼 흐르는 책의 제목이 기억나지 않아요, 사과알이
든 흐르는 책을 여름 내내 읽고 있습니다, 나무에 매달린
사과알들이 다 사라지고 난 뒤, 나무가 책의 물 회오리로
들어왔습니다, 집과 새와 구름이 들어왔습니다, 해가 그
리고 내 위의 하늘조각도……, 책은 무거워지고 더 거세
게 흐르고, 여름 내내 책을 읽고 있었습니다, 사과나무도
구름도 해도 하늘조각도 사라지는 자리에서

　여름은 시간이 흐르며 고여 있는 이상한 공간이다. 여름은 흐르는 냇물인 동시에 물속에 견고하게 박힌 돌덩이 같은 것이라서 스스로 시간인 채로 흐르다가 돌이 되어 시간의 구조를 변경한다. 여름의 모든 것은 저마다 미친 것처럼 스스로를 넘치며 살아 있어서 여름에는 중심이 없고 중심이 없으므로 주변부도 없다. 여름은 줄줄 흘러내리는 시간에 겨우 외피를 덧입힌 물컹물컹한 사물이다. 여름의 껍질은 얇고 반투명해서 시선을 잡아채고 손길을 끈다. 여름은 누르는 자리마다 멍이 들며 멍이 든 자리가 더 달콤하리라는 기대를 주는 작고 둥근 과일이다. 둥근 윤곽을 구성하는 수많은 점으로 존재하는 시간이며 윤곽 내부의 공간이다. 우리와 우리 주변을 구성하는 것들은 물렁물렁해지고, 어슬렁거리다 책의 내부로 들어가고, 책 역시 물렁물렁해지고, 물처럼 흐르고, 그러고도 우리는 책을 읽고 있을 것이다. 여름 내내. 모든 것이 사라지는 자리에서, 책 바깥의 것들이 사라짐을 아랑곳하지 않으며, 거세게 흐르는 책과 함께 앉아서.

여름 내내 사라지는 것들이 있다. 흐르는 책을 여름 내내 읽고 있다. 이 계절 속에서 이해 못하던 것을 이해하게 되면서 사람 비슷한 것이 되어간다.

"아빠가 평소에는 그렇게 화를 안 내시거든요. 그런데 그 말을 하자마자 불같이 화냈어요."

"무슨 말?"

"매일 4초마다 한 명이 사망한다고 해서, 제가 계속 잘 죽어, 잘 죽어, 잘 죽어라고 이야기했거든요."

아이는 고개를 흔들며 경쾌하게 말했다.*

불행과 모두의 죽음 아래 어떤 표정을 지어야 하나 생각한다. 그리하여 책임을 갖는다. 인간을 사랑하기에 가르치는 일. 잎의 향이 배어든 여름 내내 누군가는 책을 펼치고 투명하게 변하고 있는 그 속으로 들어간다. 내가 허수경의 시를 만났듯이, 어쩌면 우리도 "구름도 해도 하늘조각도 사라지는 자리에서" 만날 수 있을지도 모를 일.

---

* 나는 오랫동안 아이들을 가르치는 일을 하고 있다. 아이는 나를 좋아하기에 이 이야기를 꺼냈다.

여름 내내

　모든 장면이 뭉쳐 흐르고, 녹고, 합쳐지고, 떠오르고, 뜨겁게 팽창했다가 사라져버리는 여름 이야기는 나에게 언제나 가장 슬프고 아름다운 얼굴이자 빛, 삶으로 느껴진다. 시에 등장하는 '책'은 그런 여름의 한순간을 상징하는 듯하다. 확실히 기억나지는 않는 그 시기, 가물가물한 제목들, 즉 나누었던 모든 대화와 감정의 맥락들, 그럼에도 좀처럼 잊히지 않는 몇 가지 비밀이 있다. 이를테면 종이가 투명해지고 물렁해지고 물처럼 흐르던 세세한 감각, 과정 들. 그것 말고는 아무것도 중요치 않은 듯 주위의 모든 풍경이 책으로 쏟아져 들어와 사라지던 충만과 상실의 순간들.

영혼조차 비릿했던 몸의 기름을 거름 삼아 키워낸 사과나무가 있다. 시인의 풍경에서 가장 오랫동안 그려져온 순서 중 하나. 이야기는 무성해서 여름은 끝날 기미가 보이지 않는다. 녹고, 들러붙고, 끈적거리고, 그러다 촛농처럼 굳어서 심지가 다시 켜지는 순간을 기다리는 열대야까지. 시인의 언어는 여름을 향했던 것이 아니라 여름을 헤맸던 일. 사라짐을 읽고 매만지면서, 사라짐의 증언을 받아 적은 일. 제목을 몰라서 자꾸만 들춰보게 되었던 일. 생애를 해찰하면서도 책이 된 일. 녹아가는 책을 천천히 휘젓기도 하는 청동의 국자. 시인은 사과나무 아래로 흐르는 냇가에서 맑은 국물을 떠다가 우리의 눈물샘을 채운다.

〈환상게임〉이라는 TV 만화를 좋아했다. 주인공이 책 속으로 빨려 들어가 책 속의 인물과 사랑에 빠진다는 내용인데, 나도 종종 책 안으로 들어가고 싶었기 때문이다.

이와 반대로,「여름 내내」에서는 책이 '나'의 안으로 "물처럼" 들어온다. 이 시는 읽기의 의미를 생각하게 한다. 읽기는 책 속으로 들어가는 게 아니라 책이 안으로 들어오도록 '나'를 열어젖히는 일이 아닐까. "제목이 기억나지 않"는다 해도 이 시를 읽는 독자의 마음에 언젠가 "사과알" 하나가 두둥실 떠오르길 바란다.

　온밤 내내, 시를 읽은 적 있습니다, 제목은……, 기억
나지 않네요, 분명 읽었는데 누가 쓴 것인지 어떤 내용
인지 아무것도 기억나지 않아요, 다만 온밤 내내 시를
읽던 그 여름밤 선명합니다, 읽는 것 말고는 견딜 수 없
던 마음도 또렷하죠, 그 여름에 대해 쓰려고요, 어디에
도 누구에게도 보여줄 순 없지만 내내 쓸 거예요, 흐르
는 물에 물고기를 풀어주듯, 온밤 내내……, 그러다 보
면 때마침 밤이 끝나고 여름이 가고, 내 마음도 사라지
고 지워지고, 아무 기억 없는 그 자리, 새와 구름이 스
쳐 갈 거예요.

시간언덕

에이디 2002년 팔월 새벽 여섯 시 삽으로 정방형으로
땅을 자른다, 비시 2000년경 토기 파편들, 돼지 뼈, 염소
뼈가 나오고 진흙으로 만든 개가 나오고 바퀴가 나오고
드디어는 한 모퉁이만 남은 다진 바닥이 나온다 발굴은
중단되고 청소가 시작된다 그 바닥은 얼마나 남았을까,
이 미터 곱하기 일 미터? 높이를 재고 방위를 재고 바닥
을 모눈종이에 그려 넣는다 이 미터 곱하기 일 미터의 비
시 2000년경, 사진을 찍고 난 뒤 바닥을 다시 삽으로 판다
한 삼십 센티 정도 밑으로 내려가자, 다시 토기 파편들, 돼
지 뼈, 소 뼈, 진흙개, 바퀴, 이번에는 돌처럼 딱딱하게 굳
은 곡식알도 나온다, 비시 2100년경의 무너진 담이 나온
다 담 높이는 이십 센티, 다시 밑으로 밑으로 합쳐서 일 미
터를 더 판다 체로 흙을 쳐서 흙 안에 든 토기 파편까지 다
건져낸다 일 미터를 지나왔는데 내가 파낸 세월은 한 오
백 년, 내가 서 있는 곳은 비시 2500년, 압둘라가 아침밥을
먹으러 간 사이 난, 참치 캔을 딴다, 누군가 이 참치 캔을
한 오백 년 뒤에 발굴하면 이 뒤엉킨 시간의 순서를 어떻
게 잡을 것인가, 이 시간언덕을 어떻게 해독할 것인가

　나는 5백 년 후, 유물 발굴 현장에 연구 보조원으로
참여해 의문의 참치 캔 하나를 꺼내 올린다. 이를 두고
약 5백 년 전의 연구자가 간단히 점심을 때운 흔적이라
는 고고학 종사자들의 견해가 유력하게 인정되었지만,
5백 년 전의 시인을 기억하는 5백 년 후의 나는, 생각
속에서 은밀히 웃음 지었다. 간혹 뒤엉킨 시간의 흔적
을 발견할 때마다 나는 그것을 '허수경의 참치 캔'이라
는 고유명사로 분류할 것이다. "이 시간언덕을 어떻게
해독할 것인가" 하는 그의 물음이 나를 끌고 가는 바람
에 도착하게 된 5백 년 후, 우리는 만났다. "뒤로 가나
앞으로 가나 우리들 모두는 둥근 공처럼 생긴 별에 산
다. 만난다, 어디에선가"*라는 시인의 말처럼 우리는
만난다.

✳　뒤표지 글, 『청동의 시간 감자의 시간』, 문학과지성사, 2005.

나무 흔들리는 소리

일테면 전파를 안아 세계의 소식을 듣는 것처럼 나무
흔들리는 소리를 우리가 숲에서 들을 때

그 숲에는 죽은 새와 다람쥐가 이끼와 고사리 곁에서
썩고 그 곁으로 아주 작은 시내가 전파처럼 세계를 흐
르고

죽어가는 사람들이 한 종으로 살아온 시간을 아쉬워
하며 눈을 뜨고 다시 세계를 보려 하고
나무 흔들리는 소리가 이 세계의 마지막인 양 귀를 부
실 때

이 지구에 살던 사라진 종들이 사라진 시간을 살아갈
때 그때 다시 무기를 들어 타인의 눈을 겨냥하는 많은
이들의 가슴에도 나무 흔들리는 소리,

오 그 소리, 일월성신이 인간이라는 종의 몸속으로 들
어오는 소리

조용히 의자에 앉아 나무 흔들리는 소리를 들어본다. 나무 하나가 흔들렸을 뿐인데 온 세계가 흔들리고 있다. 죽은 이들의 옆에서 그 세계의 흔들림을 바라보는 인간이 있다. 그러한 인간을 바라보는 시인이 있고, 나는 시인이 쓴 "나무 흔들리는 소리"에 다시 집중해본다. 시간이 흘러도 누군가가 사라져도 사라진 종들이 다시 나타나 무기를 들어도 나무 흔들리는 소리는 변함이 없다. 그 소리를 가장 잘 아는 사람, 자기의 삶을 세심하게 오랫동안 들여다보는 사람에 대해 생각한다. 나는 그가 만든 숲으로, 계속해서 누군가 태어나고 누군가 죽는 그 숲으로 걸어 들어가본다.

나무 흔들리는 소리

마늘파 씨앗

슈퍼마켓에서 씨앗을 삽니다
마늘파 씨앗, 봉지에 활짝 피어 있는
흰꽃, 마늘파꽃

3월부터 8월까지 20센티미터의 간격을 두고
뿌려서는 땅에다 물을 자주 주라고 합니다

까치나 까마귀가 지나가면
다 먹어버리니 땅 30센티미터로 흙을 돋우라고 합니다
(까치가 미워 죽겠어요, 까마귀도요, 이 씨를 다 먹는
새들의 위장 안에서 마늘파는 잎을 피울까요)

15도에서 18도 사이의 온도에서
10일에서 15일이면 싹이 든다고 합니다

6월에서 첫서리가 올 때까지
마늘파를 거둘 수 있다고 합니다

씨앗 봉지 속에 든 씨앗들이 잠을 깨면

작은 머리를 햇빛에 들이밀면

아주나 잊어버리지 않았던 옛 벗님이여, 먼 길 오소서,
느리게 자라나는 저 잎에 꽃 듭니다
꽃은 무슨 별인 양, 아득합니다

볕 드는 교실 창가. 황당무계하도록 새파란 플라스틱 화분. 뿌리 없는 한 뼘의 땅. 개미와 깎은 새끼손톱만 한 살색 지렁이가 딸려 와 흙을 고른다.

문방구 씨앗 봉지가 예언한 범위의 마지막 날. 최후의 햇빛. 아무 일도 일어나지 않는다.

별빛. 잠에서 깬다. 작은 머리, 그 속에 더 작은 머리, 그 속에 더더욱 작은 머리가 밤낮없이 언젠가는 저도 말뚝 씨앗 속에서 웅크려 자고 있었을 말뚝을 휘감으며 손을 뻗는다.

손가락이 손가락을, 또 그 끝이 돌돌 말린 축축한 우산을 뱉어낸다. 솜털이 마르고 옅은 분홍 봉오리가 불가능하도록 새파란 나팔을 펼쳐낼 때까지의 시간은, 그렇다, 별처럼 아득하고, 그러나 별처럼 늘, 태초의 것. 별이 태어나고 소멸하는 동안 발을 멈추지 않았던 벗이여, 고대의 빛이여, 네, 느리게 피어나는 저 꽃에 별 듭니다.

봉지에 남은 까만 씨앗과 그 속에서 운이 좋다면 느리게 화석이 될 수천의 빛깔, 화분에서 솟아낸 대여섯의 머리와 받침째 발치에 떨어져 거름이 된 꽃, 거기 든 별, 거기 든 벗.

그 색색의 피는 누가 먹었는지, 거두고 남은 것들에게는 무슨 일이 일어났는지 알 수 없습니다, 아니, 기억하지 못합니다. 어느 다른 시간, 저 별에 벗인 양, 돌아갔기를.

마늘과 씨앗

물지게

　물지게를 지고 지나가는 남자, 남방초길 십자성길 지
나는 시간 없는 시간 속의 남자 지고 가는 물동이에 빛
있다 물이 우려내는 빛, 섬세한 빛 근육, 야자잎 드문드
문 빛의 존재를 지우는데도 빛은 있다, 저 빛을 마신 남
자의 아이들은 물이 되리라

이 짧은 시 하나에, 시가 이고 가는 작은 항아리 속에 내가 찾고 있는 것들이 모두 담겨 있다. 물이 우려낸 저 빛을 받아 마시고 싶다. 아무렇지 않게 사발로 퍼 들이켜고 싶다. 물이 되어 잠시 차갑게 흘러가고 싶다. 허수경은 어떻게 이토록 맑은 물을 길어 올리고 빛의 근육을 빚어낼 수 있었을까. 그는 시간을 발굴하는 일에 몰두하며 알 수 있었을 것이다. 존재는 결코 지워지지 않으며 순간은 결국 시간과 관계없이 남아 있다는 오래된 사실을. 허수경의 시 안에서 누군가가 매일 같은 길을 묵묵히 걸어가고 아이들은 제멋대로 자라난다. 거기에 모든 빛이 담겨 있다.

빌어먹을,

차가운 심장

삶이 죽음에게 사랑을 고백하던
그때처럼

내가 입고 싶은 저 비단옷은 어느 록 가수가 입었던 가
죽옷과 비슷해
감옥과 감옥 사이를 돌며 북과 기타를 울리며
노래하던 록 가수는 아마도 내 고향 비단 시장에 오면
비슷한 공연을 하면서 울지도 몰라

비단이 얼마나 많은 폭력 속에서 지어낸 피륙인지
누에는 알고 있을 거야
이제는 자연에서 혼자 사는 법을 완전히 잊어버린 저
누에들은
어떻게 저 폭력을 참아내었을까
그래서 비단은 저렇게 곱게 차곡차곡 지층처럼 시장
한가운데
누워 있는 걸까

난 한때 시인들이 록 가수였으면 했어
어쩔 수 없잖아 시인이 그 일을 하지 않으면
월 스트리트, 증권 판매상이 그 일을 하니?

어미를 죽인 자
아이를 죽인 자
현금을 강탈한 자
강간한 자
외국인을 살해한 자
이 모든 것이 당신 탓이라고
아무것도 없는 허공에 십자가를 긋던
수많은 성도들을 위해

저 많은 협곡을 돌아
저 많은 태풍을 뚫고 집에 돌아와
겨우 잠이 든 시인이
이 세계가 멸망의 긴 길을 나설 때
마지막 연설을 인류에게 했으면 했어

인류!
사랑해
울지 마! 하고

　따뜻한 이마를 가진 계절을 한 번도 겪은 적 없었던 별
처럼
　나는 아직도 안개처럼 뜨건하지만 속은 차디찬 발을
하고 있는 당신에게 그냥 말해보는 거야

　적혈구가 백혈구에게 사랑을 고백하던

삶이 죽음에게 사랑을 고백하던
그때처럼

차곡차곡 접혀진 고운 것들 사이로
폭력이 그들에게 사랑을 고백하던 것처럼
폭력이 짧게 시선을 우리에게 주면서
고백의 단어들을 피륙 사이에 구겨 넣는 것처럼

　비단으로부터 누에를 생각하는 것이 시인의 일이라고, 세계가 멸망으로 향할 때, 인류에게 울지 말라고 사랑한다고 고백하는 것이 시인의 용기라고 당신이 가르쳐줍니다. 저는 늘 삶을 짝사랑하는 죽음의 모습을 띠고 있었던 것 같습니다. 그러나 "삶이 죽음에게 사랑을 고백하던 그때"가 있다면, 그때 나는 무엇을 어떻게 "그냥 말해"볼 수 있을까요? 뜨거운 고백과 차가운 심장 사이에서 태어난 먼 곳의 시가 지금 제 앞에 있습니다.

어두운 도로를 달려 집으로 돌아왔는데, 불 꺼진 주
차장에서 취한 남자가 오줌을 누며 울고 있다. 문을 열
었는데. 소파에 앉은 어머니가 〈그것이 알고 싶다〉를
보며 울고 있다. 좁은 골목에서 연인이 손을 잡았다가
뿌리쳤다가 다시 잡으며 울고 있다. 포장마차에서 뛰
쳐나온 남자들이 서로 멱살을 잡고 바닥을 뒹굴고, 뒹
굴면서도 멱살을 놓지 않는다. 사랑과 폭력이 주고받
은 고백들이 차곡차곡 쌓인 수많은 몸들을 줄 세워놓
고 기차놀이를 하는 것이다. 어머니를 맨 앞에 세우고,
나는 줄의 끝에 서서 어떤 말을 기다리는 것이다. "인
류!/사랑해/울지 마!" 같은. "안개처럼 뜨건하지만 속
은 차디찬 발을 하고 있는 당신"은 전지무능한 신일까,
시인일까.

삶이 죽음에게 사랑을 고백하던 그때처럼

내 기억이 맞는다면, 살면서 허수경 시인을 딱 한 번본 적 있다. 11년 전 어느 저녁, 갓 대학교에 들어갔을때, 공간을 통째로 빌린 카페에서, 낭독회 자리에서. 여러 시인이 모여 각자 시를 읽는 자리였다. 조용조용하지만 한 구절을 읽을 때마다 강인하고 단단해지는 목소리였을 것이다. 낭독회가 끝나고 저마다 인사하는 시인들을 멀리서 바라보며 꿈을 키웠던 날이었을 것이다. 기억이 틀려도 상관없다. 내가 만든 기억이라고 해도좋다.『빌어먹을, 차가운 심장』을 사서 읽다가 흘렸던눈물이 모여 나의 얼굴을 덮쳤던 날들. 나는 호흡을 배워야만 했다. 살아남기 위해. 먼 훗날, 잘 떠나기 위해.

비단 시장에서 노래를 하던 록 가수는 왜 울었을까? 비단이 되기까지 이 세계의 폭력과 참혹을 견뎌낸 곱고 고결한 자태에 대한 애도인가? 인간은 멸망의 미래를 향해 성실히 삶을 설계하고 치밀하게 이웃과 환경을 파괴하고, 반드시 무언가를 죽인다. 하지만 시인은 아무도 걷지 않으려는 태풍 속을 걸어와 한밤, 한마디를 한다. "인류!/사랑해/울지 마!" 죽음과 맞닿은 한마디. 인류를 사랑하다니. 설명할 수 없는 수많은 모순과 부조리함 속에서 꺼낸 단 한 마디가 사랑이라니. 시인은 용감하다. 그리고 시인은 아마도 시를 몹시 사랑했을 것이다. 흐느적거리는 록 가수처럼 미친 척, 어떤 노래를 내내 흥얼거렸을 것이다. 그녀는 미친 인류를 별것 아닌 공처럼 손에 쥐고 "그냥" 말한다. "울지 마". 이 시는 음울하고 다정한 노래이자 미래의 시이다. 시인은 목격자이며, 누군가에게 대신 말해주는 사람이다. 그 품이 흉내 낼 수 없을 정도로, 참 아득히 넓다.

거짓말의 기록

나, 태어났어

추위,라고 말하면 정말 추워서 이 세상을 떠도는 모든 먼지들을 모아 옷을 만들어 입고 싶었지

태어났을 뿐이었어, 누군가 나를 자라게 했어

아직 꽃술을 열어보지 못한 꽃들이 성교를 하느라 바쁜 들판에 누워

아직 단 한 번도 새끼를 낳아보지 않은 새들이 지나가는 것을 보며

나비에게도 잠자리에게도 덜 익은 빛을 보여줘,라고 공기에게 말했던 적도 있었어

나와 자연은 사실혼 관계

법정에서는 서로에 대해 아무 권리가 없다는 걸 늦게사 알았지

나에게 말을 거는 저 암소가 일찍이 나에게 수유를 한 어머니라는 걸

당신이 알았으면 좋겠어

매일 어디론가 사라졌다 다시 나타나는

하늘에 있는 공들에게도 내 수유의 어머니,
그 고깃덩어리가 걸린 정육점을 단 한 번이라도 보여
주었으면 했어
공들은 내가 인간이라는 걸 알까? 인간을 수유하는 암
소들을 생산하는
더러운 거리 구석에 있는 도살장을 알까,
저것 봐, 아이가 불어대는 풍선 어떤 포유류의 방광이
하늘로 가서
먼 들판을 은은하게 비추어대는 하늘의 공이 되네

시간을 잘라 만든 혁대를 목에 감고 죽은 테러리스트
가 살던 감방 안에서 자라던 작은 백합의 뿌리는 세계를
버티는 나무처럼 테러의 주검을 견뎌내고 있었어
아주 어린 중세가 대륙 저편에서 현대처럼 활개를 치
고 있네, 그 말을 듣기 위해 춤을 추러 가는 아이들에게
나, 태어났어,라고 말해봐, 말해봐
아이들이 당나귀처럼 웃으며 내 얼굴에다 총을 들이
댈 거야

피가 솟구치는 숨겨진 샘이 있다거나
죽을 수 없는 인간들이 매일매일 전쟁을 한다거나
그리고 당신이 날 사랑한다거나
그리고 그리고 그 말을 내가 믿는다거나 하는
엄숙하게 웃기는 나날 동안

197

나, 태어났어

　아퍼,라고 말하면 너무나 아파서 이 세상의 밤을 떠도
는 모든 안개를 엮어 붕대를 만들고 싶었지

　안개 붕대를 감고 누워 컴컴하게 웃고 있었으면 했어

사실은 사육되고 거짓은 유통되며 진실은 도살된다. 멸균 가공된 말들이 우리들의 탁자 위, 투명하고 위태로운 믿음 안에 담기고 우리는 들이켜네.* 남겨진 흰 고리와 뽀얀 앙금이 우리가 이성적 포유류라는, 엄숙하게 웃기는 그 고귀한 계보를 보증하네. 그때 더러운 거리 구석, 컴컴하고 화끈거리는 안개 속에서 갓 태어난 진실이 입을 연다. 그런데 혹시, 안개가 곧 진실 아닐까? 어쩌면, 붕대가 아픔을 만든 게 아닐까? 붕대가 풀리면, 상처와 함께 세계가 사라지지 않을까? 빌어먹을, 실은 우리가 세계의 상처 아닐까?

당신의 시는 우리 삶의 무뎌진 실감과 통각을 회복시킨다. 비정한 심장을 차갑게 느낄 수 있는 해독의 사유를 수유한다.

---

* "새벽의 검은 우유 우리는 저녁에 들이켜네/우리는 들이켜네 한낮에도
아침에도 우리는 들이켜네 밤에도/우리는 들이켜고 들이켜네"
(파울 첼란, 「새벽의 검은 우유」, 『파울 첼란 전집 1』, 허수경 옮김,
문학동네, 2020).

거짓말의 기록

수수께끼

극장을 나와 우리는 밥집으로 갔네
고개를 숙이고 메이는 목으로 밥을 넘겼네
밥집을 나와 우리는 걸었네
서점은 다 문을 닫았고 맥줏집은 사람들로 가득해서
들어갈 수 없었네

안녕, 이제 우리 헤어져
바람처럼 그렇게 없어지자
먼 곳에서 누군가가 북극곰을 도살하고 있는 것 같애

차비 있어?
차비는 없었지
이별은?
이별만 있었네

나는 그 후로 우리 가운데 하나를 다시 만나지 못했네
사랑했던 순간들의 영화와 밥은 기억나는데
그 얼굴은 봄 무순이 잊어버린 눈(雪)처럼
기억나지 않았네

얼음의 벽 속으로 들어와 기억이 집을 짓기 전에 얼른
지워버렸지
뒷모습이 기억나면 얼른 눈 위로 떨어지던 빛처럼 잠
을 청했지
다시 자리에서 일어났을 때,

당신이 만년 동안 내 얼굴에 흐르는 눈물을 들여다보
고 있었네
내가 만년 동안 당신 얼굴에 흐르는 눈물을 붙들고 있
었네
먼 여행 도중에 죽을 수도 있을 거야
나와 당신은 어린 꽃을 단 눈먼 동백처럼 중얼거렸네

노점에 나와 있던 강아지들이 낑낑거리는 세월이었네
폐지를 팔던 노인이 리어카를 끌고 지하도를 건너가
고 있는 세월이었네
왜 그때 헤어졌지,라고 우리는 만년 동안 물었던 것 같네
아직 실감 나지 않는 이별이었으나
이별은 이미 만년 전이었어

그때마다 별을 생각했네
그때마다 아침에 나가서 돌아오지 않았던
다리 밑에 사는 거지를 생각했네
수수께끼였어,

당신이라는 수수께끼, 그 살(肉) 밑에서 얼마나 오랫
동안 잊혀진 대륙들은

횟빛 산맥을 어린 안개처럼 안고 잠을 잤을까?

김
지
민

　이 시는 우리 안에 커다란 의문으로 남아 있는 당신들을 떠올리게 한다. 우리는 그 앞에서 속수무책으로 묻게 된다. '왜 그때 헤어졌지?' 우리가 영원에 가까운 시간 동안 되물어온 것 같은 질문. 누구도 대답해줄 수 없어 별을 올려다보며 그 막막한 심정을 달래야 했던, 당신이라는 수수께끼. 어쩌다 그렇게 되었는지는 모르겠으나 어떻게든 그렇게 되어버린 의아한 세월 속에서 우리가 잃어버린 우리 가운데 하나, 당신들. 당신들도 가끔 살 아래 잠든 기억들이 깨어나면 도리 없이 가슴을 쥐기도 할까?

수수께끼

글로벌 블루스 2009

울릉도산 취나물 북해산 조갯살 중국산 들기름
타이산 피쉬소스 알프스에서 온 소금 스페인산 마늘
이태리산 쌀

가스는 러시아에서 오고
취나물 레시피는 모 요리 블로거의 것

독일 냄비에다 독일 밭에서 자란 유채기름을 두르고
완벽한 글로벌의 블루스를 준비한다

글로벌의 밭에서 바다에서 강에서 산에서 온 것들과
취나물 볶아서 잘 차려두고 완벽한 고향을 건설한다

고향을 건설하는 인간의 가장 완벽한 내면을 건설한다
완벽한 내면은 글로벌의 위장으로 내려간다

여기에다 외계의 별 한잔이면 글로벌의 블루스는 시
작된다
고향의 입구는 비행장 고향의 신분증은 패스포트

오 년에 한 번 본에 있는 영사관으로 가서 패스포트를
갱신하는

선택이었다 자발적인 유배였으며 자유롭고 우울한
선택의 블루스가 흐르는 세계의 중심부에서 변방까지
불선택의 블루스가 흐르는 삶과 죽음까지

글로벌이라는 새 고향, 블루스를 울어야 하는 것이다

이 가난의 고향에는 우주도 없고 이 가난의 고향에는
지구에 사는 인간의 말을 해독하고 싶은 외계도 없다

다만 블루스가 흐르는 인공위성의 심장을 가진
바람만이 있다 별 한잔만이 글로벌의 위장 안에서 진다

무슨 기분일까? 글로벌이라는 그럴듯한 이름으로
포장된 상자의 안과 바깥을 동시에 딛고 있는 발은. 외
국과 외국의 외국 사이를 동시에 딛고 있는 발은. 만나
본 적도 없는 허수경 시인에게 빚을 졌다. 그에게서 시
인의 태도를 배웠다. 시인은 현재를 자유롭게 하기 위
해 지금을 구속하며, 자신을 벗어나고자 스스로 견디
는 이가 아닐까? 유배지라 명명된 그 구속의 장소에 늘
자신을 위치시킬 수밖에 없는 이가, 유배지에서 유배
지의 유배지를 건설하고자 하는 이가 바로 시인이 아닐
까? 이러한 물음들과 상관없이 다만 허수경의 블루스
가 흐르고, 질문들은 위장으로 내려간다.

비행장을 떠나면서

비행장을 떠나면서 나는 울었고 너도 울었지
비행장을 떠나면서 사람들은 커피를 마시며 우울한
신문들을 읽었고
참한 소설 속을 걸어 다니며 수음을 했지
사랑이 떠나갔다는 걸 알았을 때 사람들의 가슴에서
는 사막이 튀어나왔는데
사막에 저리도 붉은 꽃이 핀다는 건 아무도 몰라서 꽃
은 외로웠지

비행장을 떠나면서 사람들은 테러리스트들을 향해 인
사를 했고
비행장을 떠나면서 지상에 쌓아놓은 모든 신문들에게
불안한 악수를 청했어
울지 마,라고 누군가 희망의 말을 하면
웃기지 마,라고 누군가 침을 뱉었어

21세기의 새들은 대륙을 건너다가 선술집에 들러 한
잔했지
21세기의 모래들은 대륙과 대륙에 새 집을 짓다가 스

시집에 들러
　차가운 생선의 심장을 먹었어

　21세기의 꽃게들은 21세기의 모기들은 21세기의 은행
나무들은
　인사를 하지 않는 시간을 위해 오랫동안 제사를 지냈지
　21세기의 남자들은 21세기의 여자들은 아이들은 소년
과 소녀들은

　비행장을 떠나면서 사랑이 오래전에 떠난 사막에 핀 붉
은 꽃을 기어이
　보지 못했지, 입술을 파르르 떨며 꽃이 질 때
　비행장을 떠나면서 우리들은 새 여행에 가슴이 부풀어
　헌 여행을 잊어버렸지, 지겨운 연인을 지상의 거리, 어
딘가에 세워두고
　비행장을 떠나면서 우리들은 슬프면서도 즐거웠지

　　나는 늘 가장 짧은 시간 내에 환희와 울음이 섞이는 장소를 비행장이라고 생각했다. 비행장은 단순히 누군가가 오가는 곳이 아니다. 이 세계에서 다른 세계로 떠나는 용기가 가득한 곳이다. 불확신 속에서 돌아오리라는 기약 없는 약속과 거짓이 남발되는 곳, 용인되는 곳, 알면서도 전부 속아주는 곳 역시 비행장이다. 남겨진 사람은 "사랑이 떠나갔다는 것을 알았을 때"도 꼿꼿이 기다린다. 사막 한가운데 외롭게 튼 꽃을 껴안고. 마지막을 애써 환영하는 마음이 부치치 못한 짐처럼 남겨져 있다. 마치 "참한 소설 속을 걸어"가는 것 같다. 나는 이 시를 읽고 티켓도 없이 비행장에서 마지막으로 보냈던 사랑하는 사람을 떠올려냈다. 그사이 꽃은 심은 사람 모르게 피고 지고 다시 피기를 반복했다. 심은 사람은 영영 모르기 때문에 "제사를 지"낼 수 있는 이 슬픈 여행은 허수경이 지은 비행장에서 다시 현재가 된다. 재연 속에서 재현된다. 그곳은 늘 현재 진행형으로 "우리"가 된다. 그렇기에 "슬프면서도 즐"겁다.

　　　　　　　　　　　　　비행장을 떠나면서

찬 물새, 오랫동안 잊혀졌던 순간이
하늘에서 툭 떨어지는 것을 본 양

저녁에
물새 하나가 마당으로 떨어졌네

툭,
떨어진 물새 찬 물새
훅,
밀려오는 바람내

많은 바람의 맛을 알고 있는 새의 깃털

사막을 건너본 달 같은 바람의 맛
울 수 없었던 나날을 숨죽여 보냈던 파꽃의 맛
오랫동안 잊혀졌던 순간이 하늘에서 툭 떨어진 것을
본 양
나의 눈썹은 파르르 떨렸네

늦은 저녁이었어
꽃다발을 보내기에도
누군가 죽었다는 편지를 받기에도 너무 늦은 저녁

찬 물새가 툭 하늘에서 떨어지던 그 시간

나는 술 취한 거북처럼 꿈벅거리며
바람내 많이 나는 새를 집어 들며 중얼거리네

당신,
나는 너무나 젊은 애인였어
나는 너무나 쓴 어린 열매였어

찬 물새에게 찬 추억에게 찬 발에게
그 앞에 서서 조용히
깊은 저녁의 눈으로 떨어지던 꽃을 집어 드는 양 나는
중얼거리네

당신,
우린 너무 젊은 연인이었어
우리는 너무 어린 죽음이었어

좋은 시를 만나면 속눈썹이 먼저 반응을 한다. 속눈썹은 인간의 가장 깊고 여린 고독이라, 여간해서는 잘 움직이지 않는다. 움직인다 한들 알아채기도 쉽지 않다. 그런데 이 시를 읽는 순간 나의 속눈썹이 미세하게 떨리는 것을 느꼈다. 내 마음 안쪽에서도 물새 한 마리가 떨어진 것일까.

사실은 아무 일도 벌어지지 않았을 것이다. 육안으로는 그저 늦은 저녁이, 평화롭기까지 한 저녁이 이어지고 있었을 것이다. 그렇지만 나는 확신한다. 당신 안에서 물새가 떨어지던 그 시각, 당신을 둘러싼 저녁의 색과 질감이 완전히 바뀌었을 것이라고. 좋은 시는 그런 일을 한다. 소리도 냄새도 없이 당신이 발 딛고 선 땅을 속절없는 그리움의 행성으로 바꿔놓는다.

찬 물새, 오랫동안 잊혀졌던 순간이 하늘에서 툭 떨어지는 것을 본 양

카라쿨양의 에세이

나의 어머니는 꼬치구이였다. 어머니의 육체 한 부위
는 꼬치였고 다른 부위는 갈비였으며 간과 염통과 내장
역시 구이거나 볶음이었다. 그녀의 털과 가죽은 인간의
시린 등이나 목과 발을 덥혀주었다.

그리고…… 말하자면 (내 이빨 사이로 지나가는 드문
드문한 증오를 당신은 보셨는가? 초식동물의 이빨 사이
에는 식물의 애도만이 있다, 바람은 식물들 사이를 일렁
이다가 내 이빨을 통과하고 위장으로 들어온다. 바람아,
내 핏속에서 식물들의 목소리가 들린다면) 나는 양이다.

어머니의 네 개의 위는 개의 먹이였다.

나는 언제나 어머니가 다른 산에 있거니 했다. 여기처
럼 여름이면 건조한 곳이 아닌 조금은 숨쉬기가 나은 곳.
여기처럼 겨울이면 춥고 습하지 않은 곳. 마당에 켜놓은
텔레비전에서 보았던 메리노양들이 수천 마리씩 떼를
지어 산다는 신대륙의 협곡 들판, 혹은 산과 산 사이에
갑자기 펼쳐지는 평평한 푸른 계곡. 어쩌면 카리부들이

213

사는 유콘강 가.

어머니가 어디에 있는지 물으면 다들 그렇게 말했다.

나를 위로하기 위해서 그렇게 말했을 것이다. 양의 습성 가운데 하나다.

무리를 이루며 사는 우리들은 무엇보다 무리에 속한 이들의 안녕에 대해서 관심을 갖는다. 살아남기 위한 미덕. 흩어지면 육식동물의 표적이 되므로 우리라는 종이 이 지상에 태어나던 처음부터 배려라는 미덕을 우리는 본능처럼 갖는다. 그 본능은 인간이 우리를 사육화했던 역사 속에서도 변하지 않았다. 미덕으로 나를 보호하려 들지 말라, 나의 무리여. 어머니는 꼬치로 구워졌다. 머리와 살을 발겨낸 뼈는 국솥에 들어갔을 것이다. 이제 나는 안다, 내 어머니는 어떤 풀밭에도 어떤 산악에도 없다는 것을. 국솥에 든 어머니의 머리에 달린 눈은 무엇을 보고 있었을까?

무서워라, 뜨거운 국솥에 들어가 있으면 눈은 무엇을 보게 될까? 보지 못하는 눈은 눈의 형체만을 남긴 채 단백질이나 무기질이나 하는 이름으로 불리게 될까?

나의 조상은 아주 오래된 양 종류에 속하는 카라쿨양이었다. 카라쿨양은 기름꼬리양 혹은 넓은꼬리양으로도 불렸다.

오비스 아리에스Ovis Aries. 가축화된 우리들의 학명이다.

인간이 지어준 학명은 우리의 존재를 그들의 빈약한 심장 속에 가두어버린다. 하지만 그들이 우리를 산악양이라 부르든 혹은 카라쿨, 오비스 아리에스라고 부르든 우리는 우리일 뿐.

그러나,
산악을 누비던 오비스 아리에스의 조상. 그 원모습은 얼마나 나에게 남아 있을까? 가축화되던 수천 년의 세월 동안 우리들은 인간들의 필요에 의해 교배되고 또 교배되었다. 인간은 우리를 지워서 인간의 양인 우리를 만들었다. 지금, 우리는 고기와 털을 얻기 위해 개량된 카라쿨이다.

나는 어미의 세번째 새끼였다. 세번째 새끼인 나는 페르시안 가죽털을 인간에게 주기 위해 태어나자마자 이 지상을 떠날 운명이었다.

그러나,
나는 살아남았다. 나에게 젖을 준 인간의 어미 덕분이었다. 내가 태어나기도 전에 내 육체의 어머니는 나를 자궁에 품고 살해당했다.

나는 인간의 나이로 따지면 두 살, 양의 나이로 따지면 곧 아기를 낳을 수 있는 나이. 그것이 내 육체의 시간이다.

내 육체의 어미가 걸었던 길을 나도 가게 될 것이다. 양을 낳고 그리고 또 낳다가 언젠가는 죽게 될 것이다. 내 육체도 인간의 먹이가 될 것이고 어쩌면 이곳에서 조금은 멀리 떨어진 마을에 사는 인간들의 먹이가 되기 위해 냉동육으로 바다를 건너가게 될지도 모르겠다. 냉동육으로 바다를 건너가면서 비닐에 싸인 내 몸은 식품화되지 않은 수많은 생물이 사는 바다를 건너가게 될 것이다.

밤이다.

겨울 바위산에서 일어난 바람은 산기슭에 엎드리고 있는 이 마을의 작은 골목을 누빈다. 바람은 마치 작은 얼음가루를 품은 양 설기설기 나무로 이운 문 옆에 앉은 나를 찌른다. 겨울 가뭄이 계속되더니 어제부터 눈이 왔다. 겨울의 마른 공기는 눈의 물기를 한껏 마시고는 촉촉해졌다. 눈냄새는 하얀 안개처럼 산을 감싸고 있다. 내 코 안으로도 안개 냄새는 들어온다. 마른풀 같기도 하고 가시가 많은 들찔레의 쓴 열매 같기도 하고 아니면 독수리가 날아오르다 떨어뜨린 깃에서 나는 냄새 같기도 하다. 다시 눈을 감고 곰곰이 생각해보면 그 냄새는 당나귀 똥에서 나는 덜 삭혀진 짚냄새 같기도 하다. 여름 내내 산기슭을 오르내리락하던 생물들이 떨구고 간 모든 것은 잘 재워져

216

서 산에 자물려 있다가 이제 눈에 씻기어 안개처럼 피어 올라서는 산을 내려오는 것이다.

마을로 들어온 냄새는 내 집의 문설기 사이로 기댄다.

엎드려 소금돌을 핥는다.

혀의 돌기가 까칠한 돌에 닿을 양이면 나는 한 번 머리를 부르르 떤다. 바깥에는 얼음 가루를 품은 바람이 날카로운 휘파람을 분다. 내일도 눈은 올 것이다. 이 바람이 구름을 몰고 오는 것이다. 구름은 바위산에 며칠 머물며 제 가벼운 몸을 비워내고는 사라질 것이다. 구름이라는 존재의 본성은 사라지는 것이다. 그리고 다시 생기는 것이다. 나는 그 가벼웁고도 명랑한 존재가 부럽다. 부드러우나 때로는 험악한 구름의 임신 말기에 미치도록 내리는 검은 비가 무섭다. 구름의 아이이기는 하나 어머니인 구름과는 아무런 혈연의 보증을 가지지 않는 검은 비가 부럽고도 무섭다. 그 의지는 이해되지 않기에…… 나는 눈을 감고 먼 시간의 바람 냄새를 맡는다. 누구에게도 속하지 않았던 인간의 역사 이전의 바람 앞에서 나는 야생양의 먼 냄새를 맡는다.

이 밤, 나 혼자 깨어 있다. 다들 잠이 들었다. 오늘, 많은 일들이 있었고 다들 지쳤다. 나 역시 지쳤다. 하나 생각 많은 날이면 피곤은 말미잘의 몸을 하고 신경에 가서 오그리고 붙는다. 이 피곤은 나를 불면으로 이끌 것이다.

어머니를 떠올린다. 내 육체의 어머니. 어머니와 나의 관계는 내가 태어나던 그날로 끊어졌으므로 나는 어머니에 대한 아무런 기억이 없다.

내가 나의 어머니라고 생각했던 여인은 인간의 여자였다. 그녀는 제 젖꼭지를 나에게 내밀었다. 아이가 태어나자마자 죽었던 불우한 인간의 어미였다. 오늘 내 육체의 어머니를 내가 떠올리는 이유는 아이를 낳기 전에 도살을 당한 어떤 양 때문이다. 내 벗이기도 했던 그녀의 죽음이 나를 어머니 생각으로 들게 한 것이다.

아기의 연하고도 부드러운 가죽털을 얻기 위하여 인간들은 이제 수태 시기가 임박한 어미를 죽여 그 자궁에서 아기를 끄집어낸다. 그 아기의 털가죽을 벗긴다. 그 털가죽은 페르시안이라고 불리우는 고급 가죽이 된다. 검은 아기 털가죽. 아직 양수가 묻어 촉촉한 그 가죽. 그 가죽을 위하여 어미와 아기는 도살되는 것이다. 그녀는 올겨울에 제일 처음으로 도살당한 양이었다. 그녀의 뒤를 따라 수태일이 임박해오는 암양들은 이 집을 나가서는 다시 돌아오지 않을 것이다.

우리들은 그녀의 뼈와 살, 마늘을 많이 넣고 끓인 국냄새를 맡을지도 모르겠다.

오늘 먼동이 틀 무렵 우리는 비명을 들었다.

그 소리는 날카로운 고드름 가위가 되어 바람을 오려대고 있었다. 폭력에 대해서 아무런 항거도 할 수 없는 한 포유류가 질러대는 소리였다.

그 소리는 겨울 바위산을 향하여 가고 있었다.

그 산 작은 풀밭에서 봄과 여름, 가을을 났던 채식하는 포유류는 이제 목으로 들어오는, 그리고 정확히 자궁 근처를 지나가는 날카로운 칼을 받는다.

뱃속에 든 아가는 더운 숨을 품어내며 이 지상으로 나와서는 컴컴한 어둠 속에서 젖꼭지를 찾을 것이다. 그러나 아기는 젖꼭지를 찾기도 전에, 그리고 단 한 번도 젖꼭지를 물어보기도 전에 한 생명이었다는 본능적인 원기억만을 지니고 죽는다.

그날도 여느 날과 마찬가지로 우리는 집에 있었다. 마른 짚풀이 식사로 주어졌고 우리는 그 풀을 넘겼고 첫째 위를 둘째 위를 통과한 반쯤 소화된 풀을 세번째 위로 보내기 위해 되새김질을 했다. 다들, 아무 말 없이 먹기만 했고 물이 오면 마시기만 했다. 먹는 것 외에 할 수 있는 일은 잠을 자는 것이었으나 도통 잠은 오지 않았다. 잠을 자기에는 그 비명이 너무나 날카로와 언제나 부리를 날카롭게 세운 수리처럼 우리의 꿈으로 들어와 눈동자를 그렇게 하릴없이 재빨리 움직이게 할 터였다.

젖꼭지가 불거지고 뱃가죽이 땡땡해지면서 그녀는 꿈쩍도 않고 그 자리에 서 있기만 했다.

우리는 다들 곧 시기가 임박해왔다는 것을 알아차렸다.

그리고 그 시간은 왔고

그녀는 이 집을 나갔다.

뒷다리로 몇 번 앙버티면서 나가지 않으려고 앞다리를 힘없이 허공을 향해 치켜들며.

그리고 뱃속에 든 아이 때문에 치켜든 앞다리가 너무나 무거워 쓰러지며. 그리고 그 앞다리는 인간의 손에 붙잡히고 그녀는 이 집을 나갔다.

아마도 내 어미도 그랬을 것이다.

나는 148일 동안 어미의 자궁 안에 들어 있었다. 두 겹의 막으로 둘러싸인 자궁 안에서 첫번째 두 달 동안은 아주 천천히, 그다음 두 달 동안도 아주 천천히, 그러다가 마지막 두 달 동안 나는 자라고 자라났다.

두 앞다리를 어미의 질 쪽으로 향하게 하고는 머리는 두 앞다리에 묻고 뒷다리는 자궁의 가장 안쪽 곡선에다 기대고는 기다렸다.

그 안에서 내가 발생하는 동안 나는 어떤 꿈을 꾸었는지 기억이 나지 않는다. 혹은 어떤 발생과정을 지나고 있었는지 기억이 나지 않는다. 내가 겪었던 진화의 역사는 나의 유전자들이 기억을 할 뿐.

나는 기억하지 못한다.

유전자들은 내 의지와는 상관없이 나라는 생물의 발생을 전담한다.

혈관과 기관을 만들고 신경과 근육을 만든다.

나를 소나 염소나 늑대가 아니라 양으로 만든 것은 무엇이었을까?

원시 수프primordial soup 속에서 생명이 생겨나고 그 생명들이 다양하게 진화하고 식물과 동물이 탄생하던 진화의 거대한 들판을 통과하는 동안 나라는 것을 결정하던 의지는 어디에 있었던 것일까? 나의 탄생에 대해서 나는 아무런 의지가 없다. 다만 나는 양이다.

어두웠다. 여명이 아주 가까울 무렵 어둠은 따뜻하다.

그 무렵 탄생을 한 나는 그 어둠을 기억한다.

아주 따스한 어둠.

나는 젖어 있었다. 거친 무엇이 몸을 둘러싸고 있던 진액을 닦아내고 있었다. 아마도 그 일은 어미의 혀가 해야 하는 일이었을 것이다. 부드러운 돌기가 많은 혀가 부드럽게 그 액을 거두어야 했는데 내가 느낀 것은 혀의 감촉이 아니라 무슨 털뭉치 같은 거였다. 피부가 아려왔다. 어미는 어디로 간 것일까? 막 태어난 나를 두고 어미는 어디로 간 것일까?

그때 누군가가 날 들어 올렸다. 그리고 젖꼭지를 내밀었다. 젖꼭지도 어둠처럼 따뜻했다. 나는 좀 전의 통증은 금세 잊고 막무가내로 그 젖꼭지를 내 입안으로 집어넣었다. 혀와 아직 이빨이 나지 않은 잇몸이 따뜻함을 먼저 알아보았다. 태어나서 아직 아무것도 먹어본 적이 없는 내 위는 온 힘을 다하여 나에게 신호를 보냈다.

먹자, 먹자. 나는 있는 힘을 다하여 그 젖꼭지를 빨기 시작했다.

젖은 내 목을 타고 첫 위로 내려가 둘째 위를 타고 잠시 머물다가 다시 세번째 위로 들어가서는 오래 쉬었다. 네번째 위는 그 젖을 이제 다 소화시켜 내장과 혈관으로 보낼 것이다. 천천히, 천천히,라고 누군가 말했다. 천천히, 천천히. 그러나 갓 태어난 나의 위장은 그 인간의 말을 듣지 않았다. 배고픔의 말만 들었다. 아직 아직은 아니다, 조금, 조금 더. 위장은 꽉 차고 나면 더 이상 나에게 말을 걸지 않을 터. 막무가내로 매달려 있는 나를 인간의 어미는 내려놓지 않았다.

그래, 그래, 태어나자마자 어미를 잃었으니 얼마나 배가 고플 거나, 그래 그래…… 어둠을 뚫고 햇살이 들어올 때 나는 갑자기 나른해졌고 그 젖꼭지를 놓았다. 잠이 들었다.

잠에서 깨어났을 때 나는 아, 어미에게로 돌아왔구나, 싶었다. 나는 어미를 핥았다. 어디 갔다가 이제야 왔어요. 그리고 젖꼭지를 찾았다. 문득, 어미가 차갑다는 느낌이 들었다. 갑자기 누군가가 다시 나를 들어 올렸다. 그리고 금방 나는 따스한 젖꼭지를 찾아내었다. 그래, 그래, 젖 먹을 시간이다. 얼른얼른 먹자, 먹고 얼른얼른 자라야지. 나는 그 둥근 무덤에 머리를 파묻고 다시 젖을 찾았다. 손이 젖을 먹는 내 머리를 쓰다듬고 있었다.

이렇게 고와라, 그러니 그렇게 사람들이 찾지. 여기다가 파란나무* 빛깔이라도 입혀봐라, 얼마나 좋은 냄새가 날 것이냐. 가여운 녀석. 이런 좋은 가죽털을 타고나니 어미도 죽고 지도 죽을 팔자……

아직 눈을 뜨지 못할 때였다. 젖이 나오는 망울에서는 좋은 냄새가 났다. 지금 생각해보면 그 냄새는 마른 짚단에서 나던 가벼운 냄새가 아니었다. 어쩌면 그 냄새는 내가 그렇게 싫어하는 거위 똥에서 나는 무겁고도 어두운 냄새 같은 거였다. 거위가 지나가는 길 위에 있는 약초나 풀을 먹는 양은 없다. 그런데 그런 무거운 냄새가 나는 젖꼭지를 향해 눈먼 식욕은 달려가고 있었던 것이다. 아주 시간이 흐르고 난 뒤에도 다들 피하는 거위 똥을 발견하면 그 자리에 멈추어 서서 바라보곤 했다.

거위 똥, 그 무겁고도 안전한 냄새.

다른 이들은 그런 나를 보면서 인간의 젖으로 자라서
그렇다고 했다. 그리고 위험하다고 일러주었다. 피해 가야
할 것은 반드시 피해 가라,고 무리는 나에게 가르쳐주었
다. 하지만 나에게 선택의 여지는 있었는가? 나에게 젖을
준 인간의 어미 역시 자신의 냄새를 선택할 수는 없을 것
이다.

먹고 자고 먹고 또 자는 시간들이 계속되었다. 잠깐잠
깐 잠에서 깨어나면 인간의 어미는 기다렸다는 듯 나를
들어 올렸고 나는 기다렸다는 듯 젖을 빨았다.

겨울 우기였다. 햇빛은 아주 잠깐 나왔다가 다시 사라
졌다. 비와 눈이 왔다. 습기가 목을 압박할 때도 있었다.
그리고 어느 날 나는 눈을 떴다. 순간 칼이 이마에 꽂히는
느낌을 받았다. 처음 눈을 뜨는 그 순간, 나는 어떤 눈빛과
마주쳤던 것이다. 그 눈빛은 나를 얼어붙게 만들었고 아
직 기운이 오르지 않은 다리에다 긴장을 불어넣었다.

불 한가운데로 들어가는 느낌.
나는 꼼짝하지 않고 오그리고 있었다. 다시 눈을 감았
으나 눈을 감고서도 나는 감지할 수 있었다. 그 불 한가운
데 같은 눈이 날 바라보고 있다는 것을. 우기인데도 햇빛

은 인간과 양과 그 밖의 포유류와 가금류와 곤충과 파충류와 식물과 바이러스가 살고 있는 마을을 그렇게 잠깐 비추었다.

마치 마지막 분초를 알리고 있는 모래시계처럼 느리고 느린가 하더니 그렇게 빨리 스러지는 순간마다 햇빛은 들어왔다.

그렇게 사납게 바라보지 마라, 아직 작은 놈이잖어, 어미가 그 눈빛을 어르고 있었다. 어미의 목소리를 듣고 나는 다시 조심스럽게 눈을 떴다. 어미는 그 눈빛의 옆에 쪼그리고 앉아 목덜미를 쓰다듬고 있었다. 어미 없이 자라는 녀석이다, 그렇게 째려보지 말어. 눈빛은 아래로 떨구어졌고 앞다리를 앞으로 뻗고 눈빛의 임자는 어미 옆에 얌전히 엎드렸다.

개였다. 개라는 냄새를 나는 맡았던 것이다.

이 불면의 밤에 그 눈빛에서 나던 냄새를 떠올린다.

얼마나 많은 순간, 그 눈빛, 혹은 그 냄새 앞에서 나는 겁에 질려 꼼짝도 하지 못한 채 그 자리에 서 있었는가. 그리고 수수께끼는 어미였다. 어미는 나에게 젖을 준 어미이기도 하지만 개의 주인이기도 했다. 그녀가 개의 주인이고 개는 언제나 어미 곁을 어슬렁거린다는 것을 알면서

225

부터 나는 내 탄생에 내재된 공포를 알아차렸다.

　바람, 얼음눈, 밤은 나의 것이다.

　소금돌을 핥으며 공포에 대해서 생각한다. 나의 공포는 내가 탄생했다는 데 있었다. 그리고 죽음? 공포의 허망한 건기를 지나며 찾아올 죽음. 이렇게 내 위에 따스한 젖을 부어주던 어미의 동종은 내 위를 저 눈빛을 가진 개에게 던져줄 것이다. 마치 내 어미의 위처럼.

＊　파란나무Blauholz, Logwood: 양가죽에 물을 들이기 위해 쓰는
　　나무의 이름.

안
태
운

어떤 시는 수많은 생물이다. 땡땡하고 촉촉하고 얼어
붙어 있다. 전면적이고 근본적이다. 어떤 언어는 제 안
에서 숨 가쁘고 내내 변신한다. 읽는 생을 발겨낸다. 온
몸의 살갗이 뒤바뀌고 혈관을 파고들어 거닐게 하고 들
끓음과 뒤섞임이 낭자한, 교배, 종과 조상, 불 한가운데
에 있는, 눈빛의 젖꼭지, 어슬렁거리는 원기억, 눈동자
의 꿈, 겨울 바위산의 항거, 돌기들, 다리들이 멀리 나
아가고 되돌아오는, 태어나자마자 끝인 것 같은, 끝나
자마자 태어나는 것 같은 시. 나는 이 시를 읽는 동안
이후 시간이 흐르는 동안 나라는 인간의 몸과 마음이
뒤틀렸다고, 적을 수밖에 없을 듯하다.

열린 전철문으로 들어간 너는 누구인가

네가 들어갈 때 나는 나오고 나는 도시로 들어오고 너
는 도시에서 나간다
너는 누구인가 내가 나올 때 들어가는 내가 들어올 때
나가는 너는 누구인가

우리는 그 도시에서 태어났지, 모든 도시의 어머니라
는 그 도시에서 도시의 역전 앞에서 나는 태어났는데 너
는 그때 죽었지 나는 자랐는데 너는 먼지가 되어 도시의
강변을 떠돌았지 그리고 그날이었어 전철문이 열리면서
네가 나오잖아 날 바라보지도 않고

나는 전철문을 나서면서 묻는다, 너는 누구인가 한 번
도 보지 못한 너는 누구인가 너는 산청역의 코스모스 너
는 바빌론의 커다란 성 앞에서 예멘에서 온 향을 팔던
외눈박이 할배 너는 중세의 젓국을 파는 소래포구였고
너는 말을 몰면서 아이를 유괴하던 마왕이었고 너는 오
목눈이였고 너는 근대 식민지의 섬에서 이제 막 산체스
라는 이름을 받던 잉카의 한 아이였고 너는 인사동 골목
의 식당에서 연탄불에 구워져 나오던 황태였고 너는 나

에게 멸치를 국제우편 소포로 보내주던 현숙이었지

　나는 전철문을 나서면서 대답한다 나는 고대 왕무덤
에서 나온 토기였다가 그 토기의 입이었다가 텅 빈 세월
이었다가 구겨진 음란 소설 속에 등장하는 창녀의 방 창
문에 걸린 커튼이었지 은행 금고 안에 든 전쟁이었다가
아프가니스탄 고원에 핀 양귀비였다가 나는 실향민 수
용소의 식당에서 공급해주던 수프였다가 나는 빛으로
들어가는 입구에서 언제나 서 있기만 했던 시였지 그리
고 일용 노동자로 눈 덮인 거리를 헤매던 나의 혈육이었
어 저 멀리 용산참사의 시체가 떠내려가던 어떤 밤에 아
무런 대항할 말을 찾지 못해서 울던 소경이었어

　포도송이였어 그 들판에서 자라던 자줏빛 도라지꽃이
었어 그래 아직도 살쾡이였어 도시의 검은 밤에 길을 건
너던 산돼지였어 먼 사랑이었고 사랑의 그늘이었지 도
시 골목의 어느 카페에서 마시던 유자차였고 그리고 웃
으면서 헤어지던 옛 노래였지 나는 너에게 묻는다

　너는 누구인가, 닫히는 전철문 앞에 서서 먼 구멍으로
들어가던 내가 사랑하던 너는 누구인가

처음 이 시를 읽을 때 제목을 그만 잘못 읽고 말았다. "너는 누구인가"를 '너구리인가'로 읽어버린 것. 그러나 시를 통과한 뒤(맞다. 당신도 한 세계의 긴 그림자를 통과하리라), 너구리를 계속 떠올려도 괜찮겠다고 낙관하게 되었다. 시에서처럼 도시와 사람은 너구리 또한 쫓아내고 먼지를 잔뜩 차지했으므로. 거뭇한 앞발가락을 오므리며 총총 나를 지나 사라지는 너구리를 본 것만 같아, "내가 사랑하던 너는 누구인가" 하고 옛 노래처럼 묻고 싶다. 당신은 그 자리에 어떤 이름을 넣으려나.

울음으로 가득 찬 그림자였어요,
다리를 절던 까마귀가 풍장되던 검은
거울이었어요(혹은 잠을 위한 속삭임)

어쩌면 춤은 새의 다리에서 나온 것인지도 모르겠어요, 심리학자의 병도 어쩌면 나비의 심장에서 나온 것일지도 몰라요, 제 고향 바닷가에 있는 암벽에는 공룡의 발자국이 있지요, 새 발자국처럼 아련했어요, 시간이 그렇게 만들었나 봐요, 아직 잠이 깨지 않은 새벽이면 먼 나라에서 새들이 날아오는 소리가 들려요, 마치 아주 어린 당신이 나를 마중 나오는 것 같아요

가슴에 꽉 찬 이 물은 해류처럼 자꾸 움직여요, 대륙보다 물이 더 많은 지구를 내 몸은 닮아가는 것 같아요, 차가운 물이 혈관을 지나갈 때마다 짐승들은 죽어가고 뜨거운 물이 지나갈 때는 식물들이 죽어가는데 속수무책으로 내 몸은 별로 향해 가고 있어요, 보금자리를 찾지 못한 성교처럼 차가운 물과 뜨거운 물은 흐느끼지요, 마치 버스를 타고 교외로 나갈 때 정류장으로부터 따라오던 검은 비 같아요

저 마른풀에도 보랏빛 꽃이 피었어요, 잎과 줄기가 말라가는데도 들양귀비꽃이 붉게 웃고 있어요, 불안한 저녁

에도 밤은 왔구요, 어둠이 오자 꽃술처럼 떨리던 가녀린 불안은 사라졌지요, 다리를 오그리고 잠 속으로 들어가는 활짝 핀 꽃처럼요, 빛이 오기 전까지 오므린 다리 속으로 꽃술을 가난하게 보호하는 꽃처럼요

밤이 이렇게 일찍 올 때 내 속에서 자꾸 죽자고 소리 지르는 당신은 누구인지, 거리에서는 축복받지 못한 탄생에 대한 노래만 흘러나오고, 저 태양 위에는 흰 이처럼 번득이는 눈이 내리고 아직 목숨이 없는 아기의 얼굴을 한밤이 흘러가요, 빛을 잃어서 헐거운 나무들은 해안에 서서 밀려오는 물결을 향해 젖은 손을 자꾸 내미는데

여관에 누워 나는 아직 잃어버리지 않은 사랑을 생각했어요, 잃어버리고도 그렇게 오랜 시간이 지났는데 아직도 잃어버리지 않은 사랑에 대하여, 그 오렌지와 레몬의 세월, 자두와 수박의 세월, 검고도 붉은 과육의 세월, 그 뱀 같은 땀의 세월에 대하여, 저 푸르른 심장의 나날들 그리고

날 보내지 말라고, 날 비행장에 두고 부두에 두고 터미널에 두고 도시 속으로 사라지지 말라고 날 여기에 두고 실종되지 말라고 문자를 보냈어요…… 별의 시간이 사마귀처럼 돋아나는 발가락을 물끄러미 바라보다가 발효 시절 동안 내가 뭉갠 건, 나의 몸이요, 내 몸은 새로운 냄새를 풍겼어요, 아직 오지 않은 미래의 냄새를 향해 당신, 아직 어설픈 상처를 드러내본 적 있어요?

다만 청국장 끓이는 냄새를 맡으면 길고 긴 죽음의 잠 속에서 실종되어버린 곰 생각이 왜 날까요, 오래전에 한 밥집에서 청국장을 먹었을 때 김 속, 긴 잠 속에 빠져 있던 곰이 나타난 적이 있었어요, 그 곰을 잡아먹은 어미들이 곰의 가죽을 걸치고 우는 것을 보았지요, 먹어치운 곰의 살을 뱃속에 담고 말이에요 그런데,

시간이 지나가요, 시간이 시간이 아직 아무것도 아닌 시간이 태어나서는 사라져요

고래의 가장 가녀린 실핏줄 속에까지 만신의 얼굴은 들어 있어서 저 무거운 점액의 생명인 바닷물은 일어나는지도 몰라요, 물결, 그것 자체가 만물인 바닷물 속에 가만히 들어가면 내 무시무시한 조상들이 아직 그곳에 살고 있어요, 아직 나이지 못한 나의 조상들은 바다를 헤엄쳐요, 나는 따뜻한 물속에서 내 조상이 지냈으면 했어요, 한류의 차가운 심장을 두들기는 물고기로 다시 시작해서 어느 식탁 위에 오르고 싶은 나는 인간의 여자 시간 사십오를 살고 있는데

어쩌면 아직도 우리는 우리의 숨만이 길인지도 몰라요 내가 숨을 쉴 때마다 아주 늙은 당신이 나타나는 것은 왜일까요, 가녀린 손가락의 나날 동안만 연애를 하던 청춘의 별 같아요, 작은 개다리소반에 올려져 있던 영혼 같아

요, 밭에서 따 온 아침 오이 같아요, 그리고, 고추장에 박힌 아린 마늘 같아요, 아직 돌아오지 않는 새를 기다리는 숲 같아요, 검은 거울 같아요

증발한 수분을 기다리는 눈물 같은 시간 앞에서 푸른 미역의 말들을 그렸지요, 도자기를 굽는 가마 앞에 쪼그리고 앉아 흙이 굳어가는 시간을 추억했어요, 얼마나 깊이 바다로 내려가야 우리는 바닷속에 사는 모든 생명들을 헤아릴 수 있을까요, 그 심연에서 태어나서 불을 환하게 켜는 이름 없는 해파리들에게 저 가녀린 빛의 다리를 준 이는 누구일까요? 흐느적거리는 팔다리에 심연의 아늑함, 존재의 배를 타고 바다의 바닥으로 들어가는 거대한 문어 같아요, 이 밤은

그네의 흔들거리는 시간처럼 유모차 하나가 내 몸속에 살아요, 누군가 나를 언제나 실어 나르는 그 유모차 속에 앉아 나는 노래하지요, 노래하지 않는 시간은 아무것도 아니었어요, 악보는 날아가는 새의 귀에 들어 있지요, 눈 감은 물고기들 피곤한 물이 물고기들을 해안에 밀어놓았고 게들은 뻘 안에서 울었어요, 검은 손을 가진 바람이 와요, 태양은 자러 바다 밑으로 들어가네요, 그 바다 밑을 우리는 지구의 저편이라고 불렀지요

　그녀의 차가운 심장이 나에게 범람해 올 때, 나는 차
마 그것을 혐오할 수 없는 간절함이 우리 사이에 이미
있음을 발견합니다. 끊임없이 울먹이면서, 나는 적극
적으로 그 슬픔에 참여해버렸습니다. 심해 속 일렁이
는 한 줄기의 이름 없는 빛으로, 그녀는 조심스럽게 자
신의 울음을 읽어주며 나의 울음에 마중을 나와주었습
니다. 따뜻하기를 바랍니다.

　　　　울음으로 가득 찬 그림자였어요, 다리를 절던 까마귀가
　　　　풍장되던 검은 거울이었어요(혹은 잠을 위한 속삭임)

사막에 그린 얼굴 2008

사막에 대해서라면 조금 아는 바가 있다. 태양이 질 무렵 사막에서 일어난 먼지는 태양과 함께 진다. 양과 염소들이 물을 찾으러 더 이상 먼 길을 가지 못하는 것도 보았다. 물을 찾으러 나선 사람들이 겨우 얻은 삽으로 우물을 파는 것도 보았다.

오래전에 이곳에 살았던 베두인들은 도시로 가서 빈 양철통에 불을 피워 염소를 꼬챙이에 구워 판다. 불과 소금에 지져진 염소들이 메에, 하고 우는 것을 보던 도시의 태양은 사막의 태양에게로 가서 재가 묻은 편지를 전한다.

사막에는 모래에 덮인 무덤과 묻히지 못한 사람들과 코끼리들만이 살아간다. 이 코끼리에 대해서도 들은 바가 있다. 소금을 찾기 위해 암벽에다가 굴을 팠다는 코끼리들이다. 아이들을 데리고 소금을 먹이기 위해 몇십 마일을 걸어온 코끼리 어미는 굴에 도착하기도 전에 죽었고 아이들만 굴의 바위벽을 핥으며 소금을 먹었다.

해저에도 사막이 있다고 한다. 해초가 덮인 바다 안에

는 느리고 느린 모래만이 흐르고 거미게들이 휘적휘적 걸어 다니고 있다. 이곳에는 태양도 없어, 무거운 바다 음에 갇힌 희미한 고래의 노래를 좀 들어봐, 연어 양식장에서 흘러나온 항생제 바닷물에 피부가 썩어가는 고래들이 부르는 노래를 좀 들어봐,

고래들은 해안으로 밀려 나와 다시 땅으로 가고 싶다고 운다. 퇴화한 다리로는 걸을 수가 없어, 모래사막으로 변한 해안에는 죽음의 머리를 가진 작은 원숭이들이 손을 흔들고 있다. 그때 어떤 인간의 애인이 나에게 걸어준 산호 목걸이 죽어가는 산호의 손들이 이렇게 내 목을 끌어안고 있다.

사막에 대해서 아는 바가 조금 있다. 아마도 작열하는 미래 황폐한 미래를 위해 이곳은 다른 곳보다 망각이 먼저 오고 가장 오래 머물고 망각의 혀를 사랑하여 느린 태양의 행진을 즐긴다. 오직 내비게이션만을 믿고 달리는 태양이 지배하는 사막의 나날을 위해 로커들이 불렀던 노래를 심장에 등꽃처럼 단 턴테이블을 소금벽이 있는 동굴에 걸어두고 싶다. 어느 타임머신이 저 노래를 들었으면 한다. 그 노래는 오직 타임머신만의 미래이므로.

김
선
오

　사물이 변하기 때문에 우리는 시간이 흐른다고 느낀다. 모래 위로 모래를 덧씌우며 지평선 아래로 매일 같은 풍경을 펼쳐내는 사막에서 변화는 희박하게 이루어지고, 그렇게 어제와 오늘은 뒤섞인다. 시간의 흐름이 체험되지 않는 장소에서 기억은 모래 위에 쓴 글씨처럼 얕은 깊이로 남아 부드러운 바람에도 쉽게 지워질 것 같다. "조금 아는 바"와 "들은 바"만으로 이루어진 이 꿈같은 사막에서 얼굴은 그려지기 전에 이미 지워진 어떤 것으로서 과거와 미래 사이의 희미한 경계선을 지울 것이다.

사막에 그린 얼굴 2008

눈동자

    죽은 이들 봄 무렵이면 돌아와 혼자 들판을 걷다 새로 돋은 작은 풀의 몸을 만지면서 죽은 이들의 눈동자 자꾸자꾸 풀의 푸른 피부 속으로 들어가다 마치 숲이 커다란 눈동자 하나가 되어 그 눈동자 커다란 검은 호수가 되어 검은 호수가 작은 풀끝이 되어 나를 자꾸 바라보고 있는데 내버려두었다네, 죽은 이들이 자꾸 나를 바라보는데, 그것도 나의 생애였는데

    그 숲에는 작은 나무 집이 하나 있었다 집 앞 닫혀진 문 앞까지 걸어갔다 집 안은 아직 겨울이었고 결혼 대신 시를 신랑 삼았던 여성 시인이 있었다 시인의 저녁 식사에 올려진 양의 눈동자, 이방의 종교처럼 접시에 올려진 양의 눈동자, 여성 시인을 신부 삼은 시는 물끄러미 바라보다 시를 쓴다, 애인아, 이 저녁에 나는 당신의 눈동자를 차마 먹지 못해 눈동자를, 적노라,라고

이 시에서 화자가 세계와 접촉하는 방법은 주로 '(눈동자로)보기'다. 가장 격렬한 접촉이 기껏해야 풀을 살살 쓰다듬어보는 정도. 풀잎에서도 무한을 감지하는 시인이기에 양의 눈동자에서도 약하고 여린 존재들의 고된 역사를 읽어낸다. 그러니 접시 위 양의 눈은 자신의 눈, 애인의 눈, 시의 눈이자 세계의 눈이다. 양의 몸에서 눈알을 뽑아낸 문명의 잔혹한 흔적이다. 그 앞에 얼어붙은 시인의 손을 시가 잡고 움직여 종이에 쓴다. 시인이 떨리는 목소리로 애인아, 하고 부를 때면 세상의 온갖 약한 존재가 한꺼번에 뒤돌아볼 것만 같다. 그 쓸쓸하지만 고고한 음성은 언제까지나 허수경의 것이다.

여기는 그림자 속

아마도 내가 당신을 잊어버린 것 같다, 그렇지 않고야 이렇게 잠 속에 든 당신 옆에 내가 누워 있겠는가, 이제 당신을 나라고 불러도 될 것 같다.

여기는 그림 속, 손을 잃어버린 새들이 날고 있다. 검은 부리를 가진 물고기들이 하늘을 향해 늙은 개들을 실어 나르고 있다. 개들은 머리만 있고 얼굴은 없다. 지난 오후에 마을을 폭격한 거미 같다. 전갈도 어쩌면 잠자리처럼 부드러운 곡선으로 세계를 배회할지도 모르겠다.

여기는 그림 속, 대나무 숲이 교회 옆에 있는 그림 속이다. 식당에서 내주는 작은 철근 한쪽을 씹어 먹는다. 가끔 내 주위에서 음악을 연주하는 지렁이를 밟으며 옷 가게로 들어간다. 나무를 팔고 있는 옷 가게는 바다이다.

여기는 그림 속, 그 바다 안에서 우렁거리는 핵 발전소에서 빛으로 엮은 목도리를 하나 사 들고 다시 교회로 간다. 교회 옆에 있던 대나무 숲이여, 어쩌면 당신은 옛 당신의 음성을 그렇게 잘 흉내 내는가.

아마도 내가 당신을 잊어버린 거겠지, 그렇지 않고야 이렇게 잠 속에 든 태양 안에서 돗자리를 깔고 누워 타는 줄도 모르고 어느 가운데를 건너겠는가, 이제 당신을 나라고 불러도 될 것 같다.

　먼 집으로서의 당신을 지나, "이제 당신을 나라고 불러도 될 것 같다"라는 말에 안도한다. 첫 연과 마지막연에 배치되어 시를 여닫는 후렴구로 기능하는 이 말이 성립할 수 있는 이유는 "아마도 내가 당신을 잊어버린 것 같"아서다. 제목의 그림자 아래 "당신"이 그림자임을 짐작하는 사이에 세 점의 그림이 펼쳐진다. 나는 논리를 벗어난 그림 속에서 자유로이 보고 듣고 움직인다. 당신을 나라고 부를 수 있다면 당신 또한 그럴 수 있다. 당신이라는 나, 나라는 당신은 그림과 그림자를 오가며 나와 당신의 경계를 지워간다. 그리고 그것을 잊어버린 것이라고 말한다. 그러나 나는 여전히 당신을 부르고 있으며, 이제 당신을 나라고 불러도 될 것같다고 재차 말한다. 나는 당신을 잊지 않는다.

　　　　　　　　　　　여기는 그림자 속

추억의 공동묘지 아래

사과나무 아래에는 아이가 놀다 버린 배드민턴공이
뒹굴고 있다
사과나무 아래에는 지난밤, 누군가 마신 맥주병이 뒹
굴고 있다

아주 오래전 사과나무 한 그루가 있는 마당에서 살았
으면 했다
그때에는 사과가 그려진 앞치마를 두르고 프라이팬에
붉은 밥을 볶는 미래를 믿었다

앞으로 쏟아져 들어오는 빛과
뒤를 후려치던 폭풍 속에서도 병원과 명절 사이를 씩,
웃으며
세계의 끝에 사는 알려지지 않은 어느 새의 한 종류처
럼 살려고 했다

사과나무 아래에서 아주 오래전
집을 떠난 여자를 추억했다
연인이 있던 여자였고 연인이 버린 여자였다

아이가 버린 배드민턴공의 깃털이 파르르 바람에 떨
리면
덜 익은 사과들이 쿵, 떨어졌다
아주 오래전에 잊혀진 시간 한 조각이 떨어진 것처럼
얼떨떨했다

우스운 일 아닐까, 이렇게 살아서 죽음을 추억하는 것은,
순간순간들은 죽어서 추억의 공동묘지에서 살아가는데
묘지 안에 든 추억들은 마치 살아 있는 살갗처럼 소름
이 돋아 있다

까치발을 하고 아이가 돌아와서 공을 주워 갈 때
다시 사과 하나가 떨어지고
지붕에는 집까치가 후두둑한다
모든 추억들은 다시 공동묘지 안으로 들어가 잠들 준비
를 한다

해가 완전히 떨어지기 직전의 노을처럼 추억의 일부
는 시간의 색으로 물들어 있다. 필터가 적용된 듯이 아
무리 노력해도 원본 그대로는 떠오르지 않는다(스스
로는 원본 그대로라 믿기도 한다). 순간과 순간의 무수
한 겹침 속에서도 하나의 장면으로 남는 것이 있다. 스
물둘의 실연 같은 것. 초행길에서 본 아기자기한 카페
같은 것. 집 밖에 나가지 않은 2020년의 생일 같은 것.
추억의 한 장면은 어느 날 어느 순간 어느 곳에 쿵 떨어
진다. 아무도 모르겠지만 눈앞에 별사건이 없어도 내
가 기뻐하거나 슬퍼할 수 있는 이유다. 하나 그렇기에
나는 추억을 원하지 않는다. 추억 또한 나를 원하지 않
는다. 그럼에도 불가항력으로 우리는 이따금 만나고야
만다.

추억의 공동묘지 아래

문장의 방문

아직 아무도 방문해보지 않은 문장의 방문을 문득
받는 시인은 얼마나 외로울까,
문득 차 안에서
문득 신호등을 건너다가
문득 아침 커피를 마시려 동전을 기계 속으로 밀어넣
다가
문장의 방문을 받는 시인은 얼마나 황당할까?

아주 어린 시절 헤어진
연인의 뒷덜미를 짧은 골목에서 본 것처럼
화장하는 법을 잊어버린 가난한 연인이 절임 반찬을
파는
가게 등불 밑에 서서
문득, 그 문장의 방문을 받는 시인은
얼마나 아릴까?

가는 고둥의 살을 빼어 먹다가
텅 빈 고둥 껍질 속에서 기어 나오는
철근 마디로만 남은 피난민 거주지

다시 솟아오르는 폭탄을 보다가
문득, 문장의 방문을 받는 시인은
얼마나 쓰라릴까, 혹은

부드러운 바위를 베고 아이야 잘 자라,라는
노래를 하고 있던 고대 샤먼이
통곡의 거리로 들어와
부패한 영웅의 사진을 들고 걸어가는 것을
보면서 옛 노래를 잊어버린 시인이
그 문장의 방문을 받을 때
세계는 얼마나 속수무책일까?

　지하철 객차에 앉아 한강을 지나는데 문에 기대 서로
의 귓바퀴를 주물러주는 중년의 연인을 봤다. 서로의
피로를 짚어주는 것처럼 담백한 손길이었다. 그 옆으로
아주 무거워 보이는 이불을 비닐로 싸서 어깨에 짊어진
늙은 남자가 주저앉아 있었다. 타인의 켜켜이 쌓여가는
몸과 마음의 시간에 나도 잠시 참여한 것 같았다. 좋으
면서 좋지 않았다. 문장이 문득, 내게 올 때 나는 맞이
하면서 맞이하지 못한다. 속수무책이라고 해야 하나.
허수경 시인이라면 어떨까. 떠밀리며 문장을 쓴다.

사탕을 든 아이야

아이야 사탕을 든 아이야 먼 옛날, 추억의 고무신 공장이 문을 닫던 날, 추운 골목길에서 사탕을 입에 넣고 울던 아이야 나는 너의 미래야 미래의 사랑이야 미움이야 아이야

나는 알아, 그 사탕은 너의 마지막 사탕이었다는 걸, 그다음 네가 먹었던 이 세상의 모든 사탕은 불법이었어 그래, 사탕 안에 들어 있던 건 진흙으로 만든 집이었지, 그 집은

방랑가수를 위한 공연장이었고 하지만 너의 미래인 나에게는 삶의 터전이었어 여의도 근처에서 밥을 벌 때 벌건 태양은 은행과 증권거래소에만 빛을 주었지, 빛이 들어오지 않는 마지막 그 골목에서 차오르는 눈물을 삼키면서 남몰래 흐르는 노래를 부를 때,

그 여름에 사탕을 문 아이를 신고 떠났다 돌아오지 않은 정치가가 너의 미래였어 정치가가 남긴 신발 한짝이 우리의 미래였어

나는 돌아오지 않았으면 하는 순간마다 새로운 얼굴
이 내 앞에 나타나는 것을 느끼지, 울지 마 울지 마,라고
누가 말할 때마다 새로 돋은 잎들이 울잖아 떨면서 지잖
아 아이야,

　나는 너의 미래였어, 어둔 골목길 불 밝힌 상점 앞에서
극렬한 도둑질을 하고 싶은 고양이 같은 나는 너의 과거
였어

안
미
옥

참았다가 한번 터뜨려진 울음은 쉽게 멈출 수 없는 것이 된다. 그러니까 가능한 한 울고 싶지 않다, 라는 마음으로 울음을 참고 있는 사람. 가만한 얼굴도 울고 있는 얼굴로 보일 수 있다는 것을 아는 사람. 허수경 시인의 시를 읽으면 이런 사람이 떠오른다. 눈물처럼 출렁이는 표정으로 삶을 버텨내는, 울지 마, 울지 마, 하고 누군가 말하면 내내 참고 있던 울음을 새잎처럼 틔워내는 사람 말이다. 그러니 미래이자 사랑이며 미움이고 과거인 내가 어린 나의 마음을 가장 잘 알고 있다. 마지막 사탕을 먹던 아이의 마음을, 그로부터 아주 멀리, 진흙으로 만든 집을 터전 삼는 나의 마음을.

사탕을 든 아이야

장
미
도

　그러나 문득 내 안에 사탕을 든 아이가 나타납니다. 아이는 미래를 입에 물고 있습니다. 시인은 "심장이 차가워질 때 아이들은 어디로 가서 태어날 별을 찾"*는지 묻습니다. "이 세상의 모든 사탕"이 "불법"인 것처럼, 모든 사랑과 미래가 금지된 것처럼 나는 살아갑니다. 그러나 여전히 나는 아이의 미래이자 과거입니다. 우리는 별에서 태어나 별이 되므로, 과거가 되는 미래를 이해할 수 있다고 믿습니다. 아이를 부르는 목소리처럼 시인은 오래도록 끝나지 않는, 너무 차가워서 뜨거운 노래를 부르고 있습니다.

＊　시인의 말, 『빌어먹을, 차가운 심장』, 문학동네, 2011.

　　　　　　　　　　　　　　　사탕을 든 아이야

누구도

않는

기억하지

역에서

농담 한 송이

한 사람의 가장 서러운 곳으로 가서
농담 한 송이 따서 가져오고 싶다
그 아린 한 송이처럼 비리다가
끝끝내 서럽고 싶다
나비처럼 날아가다가 사라져도 좋을 만큼
살고 싶다

　허수경의 시는 아름답고 아이러니하다. 그는 슬픔을
나비 보듯 한다. 나비를 눈으로 좇다 보면 어느새 사라
져 있다. 아, 어디 갔지? 그것은 아름답게 나타났다가
반짝하고 사라진다. 그러나 쳐다보는 것을 멈출 수 없
다. 나비는 눈을 사용하지 않고 날개로 세상을 볼 수 있
다고 한다. 눈을 감고도 햇빛의 강도를 감지할 수 있으
며 길을 찾을 수 있다. 허수경의 시는 눈을 감고 세상을
보는 나비와 같다. 날개로 세상을 보기. 눈을 감고 날아
다니기. 그러다 문득 사라지기. 사라지고 싶을 만큼 살
기. 날기.

그 그림 속에서

빛과 공기의 틈에서 꽃이 태어날 때 그때마다 당신은 없었죠 그랬겠죠, 그곳은 허공이었을 테니

태어나는 꽃은 그래서 무서웠죠 당신은 없었죠, 다만 새소리가 꽃의 어린 몸을 만져주었죠

그 그림 속에서 나는 당신 없는 허공이 되었죠 순간은 구름의 틈으로 들어간 나비처럼 혹, 사라졌는데 그 뒤에 찾아온 고요 안에서 꽃과 당신을 생각했죠

무엇이었어요, 당신?

아마도 내가 이 세상을 떠날 적 가장 마지막까지 반짝거릴 삶의 신호를 보다가 꺼져가는 걸 보다가 미소 짓다가 이건 무엇이었을까 나였을까 당신이었을까 아니면 꽃이었을까 고여드는 어둠과 갑자기 하나가 될 때

혀 지층 사이에는 납작한 화석의 시간만 남겠죠 날개와 다리 사이에서 진화를 멈추어버린 어떤 기관만이 남겠죠

이건 우리가 사랑하던 모든 악기의 저편이라 어떤 노
래의 자취도 없어요

생각해보니 꽃이나 당신이나 모두 노래의 그림자였
군요 치료되지 않는 노래의 그림자 속에 결국 우리 셋은
들어와 있었군요

생각해보니 우리 셋은 연인이라는 자연의 고아였던
거예요 울지 못하는 눈동자에 갇힌 눈물이었던 거예요

'나'는 당신에게 정체를 묻습니다. 내내 바라만 보던 무언가가 어쩌면 나이거나 당신, 혹은 꽃이었을지도 모른다면서요. 세상을 떠나는 순간을 가정해보기도 합니다. 그들은 어디서든 서로를 그리워하겠지요. 눈빛은 닮아 있을 게 분명합니다. 여기에 없는 상대를 바라보고 있을 테니까요. 시인이 눈에 담았을 장면을 상상해봅니다. 허공에서 꽃이 만개하는 것 같던 순간을요. 당신은 '나'와 닮지 않을 만큼 떨어져 있습니다. 진화를 멈춘 기관이나 화석처럼 자연에 흩어졌습니다. 어떤 그림만이 남겠지요. 꽃과 당신을 응시하던 '나'도 그림 속에 있습니다.

이 가을의 무늬

아마도 그 병 안에 우는 사람이 들어 있었는지 우는 얼굴을 안아주던 손이 붉은 저녁을 따른다 지난여름을 촘촘히 짜내던 빛은 이제 여름의 무늬를 풀어내기 시작했다

올해 가을의 무늬가 정해질 때까지 빛은 오래 고민스러웠다 그때면,

내가 너를 생각하는 순간 나는 너를 조금씩 잃어버렸다 이해한다고 말하는 순간 너를 절망스런 눈빛의 그림자에 사로잡히게 했다 내 잘못이라고 말하는 순간 세계는 뒤돌아섰다

만지면 만질수록 부풀어 오르는 검푸른 짐승의 울음 같았던 여름의 무늬들이 풀어져서 저 술병 안으로 들어갔다 그리고 새로운 무늬의 시간이 올 때면,

너는 아주 돌아올 듯 망설이며 우는 자의 등을 방문한다 낡은 외투를 그의 등에 슬쩍 올려준다 그는 네가 다

녀간 걸 눈치챘을까? 그랬을 거야, 그랬을 거야 저렇게
툭툭, 털고 다시 가네

　오므린 손금처럼 어스름한 가냘픈 길, 그 길이 부셔서
마침내 사윌 때까지 보고 있어야겠다 이제 취한 물은 내
손금 안에서 속으로 울음을 오그린 자줏빛으로 흐르겠
다 그것이 이 가을의 무늬겠다

병 안에서 허수경을 기억해나갈 사람들. 허수경을 한 눈에 담았던 빛의 시야가 궁금하다. 빛은 허수경이 부풀고, 고민하고, 앉았을 그 모든 세계를 같이 바라봤을까. 허수경을 경험한 빛이 이제부터 풀어낼 허수경이라는 무늬는 시간이 흐를수록 얼마나 촘촘해질까. 이해와 오해, 절망과 희망 사이에서 허수경이 짚어낸, 허수경 앞에서 뒤돌아섰던 세계. 사실은 우리 앞에서도 언제든지 뒤돌아설 수 있는 그 세계를 미리 겪었던 허수경. 그가 망설이면서도 작은 손금처럼 짜낸 문장을 통해 위로받을 수 있기에, 허수경이라는 시인과 함께 오래 기억하고 싶은 이 시는 읽는 이들의 마음속에서 천천히 사위어갈 것이다.

이국의 호텔

휘파람, 이 명랑한 악기는 상처를 치료하기 위해 우리
에게 날아온 철새들이 발명했다 이 발명품에는 그닥 복
잡한 사용법이 없다 다만 꼭 다문 입술로 꽃을 피우는
무화과나 당신 생의 어떤 시간 앞에서 울던 누군가를 생
각하면 된다

호텔 건너편 발코니에는 빨래가 노을을 흠뻑 머금고
붉은 종잇장처럼 흔들리고 르누아르를 흉내 낸 그림 속
에는 소녀가 발레복을 입고 백합처럼 죽어가는데

호텔 앞에는 병이 들고도 꽃을 피우는 장미가 서 있으
니 오늘은 조금 우울해도 좋아
장미에 든 병의 향기가 저녁 공기를 앓게 하니 오늘은
조금 우울해도 좋아

자연을 과거 시제로 노래하고 당신을 미래 시제로 잠
재우며 이곳까지 왔네 이국의 호텔에 방을 정하고 밤새
꾼 꿈 속에서 잃어버린 얼굴을 낯선 침대에 눕힌다 그리
고 얼굴에 켜지는 가로등을 다시 꺼내보는 저녁 무렵

슬픔이라는 조금은 슬픈 단어는 호텔 방 서랍 안 성경
밑에 숨겨둔다

저녁의 가장 두터운 속살을 주문하는 아코디언 소리
가 들리는 골목 토마토를 싣고 가는 자전거는 넘어지고
붉은 노을의 살점이 뚝뚝 거리에서 이겨지는데 그 살점
으로 만든 칵테일, 딱 한 잔 비우면서 휘파람이라는 명랑
한 악기를 사랑하면 이국의 거리는 작은 술잔처럼 둥글
어지면서 아프다

그러니 오늘은 조금 우울해도 좋아 그러니 오늘은 조
금 우울해도 좋아,라는 말을 계속해도 좋아

　　모르는 이로 가득한 이국의 호텔에서도, 가까운 이들
과 부대끼며 살아가는 일상에서도 우리는 얼마든지 혼
자이고 고독한 순간은 늘 있다. 그럼에도 우리에게는
휘파람, 휘이익 불 수 있는 명랑한 악기가 있어 토마토
붉게 넘어지는 거리 너머로 뜻밖의 아름다운 노을을 마
주하기도 한다. 휘파람, 명랑하고 작은 악기를 사랑한
다면 "조금 우울해도 좋아". 우울을 좋아할 용기, 우울
해도 좋다고 말할 용기를 가질 수 있을까. 이 시를 읽으
면 정말 그럴 수 있을 것 같다. 고단한 날들 너머의 작
은 우울을 기꺼이 껴안아볼 수 있을 것 같다. 이 시는
가만히 함께 휘파람 불어준다. 명랑하고 따스하게.

　　　　　　　　　　　　　　　　　　　　　　이국의 호텔

포도나무를 태우며

서는 것과 앉는 것 사이에는 아무것도 없습니까
삶과 죽음의 사이는 어떻습니까
어느 해 포도나무는 숨을 멈추었습니다

사이를 알아볼 수 없을 만큼 살았습니다
우리는 건강보험도 없이 늙었습니다
너덜너덜 목 없는 빨래처럼 말라갔습니다

알아볼 수 있어 너무나 사무치던 몇몇 얼굴이 우리의
시간이었습니까
내가 당신을 죽였다면 나는 살아 있습니까
어느 날 창공을 올려다보면서 터뜨릴 울분이 아직도
있습니까

그림자를 뒤에 두고 상처뿐인 발이 혼자 가고 있는 걸
보고 있습니다
그리고 물어봅니다
포도나무의 시간은 포도나무가 생기기 전에도 있었습
니까

그 시간을 우리는 포도나무가 생기기 전의 시간이라고
부릅니까

지금 타들어가는 포도나무의 시간은 무엇으로 불립니까
정거장에서 이별을 하던 두 별 사이에도 죽음과 삶만이
있습니까
지금 타오르는 저 불길은 무덤입니까 술 없는 음복입니까

그걸 알아볼 수 없어서 우리 삶은 초라합니까
가을달이 지고 있습니다

인식이 가닿을 수 있는 가장 오래된 과거부터 가장 멀리 떨어진 미래까지, 그 아득한 간격을 상상한다. 온갖 존재가 살았다 죽었다 하면서 그 사이를 빼곡히 채우고 있다. 이 시를 읽다 보면 그 모든 존재를 하나하나 헤아리고 있는 어떤 사람을 떠올리게 된다. 그 사람은 모든 존재의 삶과 죽음을 들여다보고자 하면서도, 그 자신도 시간 속으로 사그라질 것을 분명히 알고 있는 사람. 이 시는 그 생애의 모든 순간과, 그 순간들의 모든 사이를 서럽고 쓸쓸한 마음으로 들여다보고 있는 것 같다. 한순간 시야에 담는 것만이 그를 위해 할 수 있는 일의 전부인 양 온 마음을 다하면서.

포도나무를 태우며

병풍

병풍 속에는 눈 분분한데 매화가 깨어났네
옹이 많은 가지를 잡고 꽃들은 다시 잠이 들었네
꽃 사이를 산보하던 검은 새들은 눈을 안고 자는 꽃잎
속으로 들어갔네

병풍 뒤에는
아직 눈을 감지 못한 한 사람 누워 있었네
가지 못했던 길 같은 손을 가슴 위에 모으고

병풍 속에는 난초 옆에서 봄바라기를 하는 개 한 마리
누워 있었네
훈풍이 불어 꽃의 가장자리는 따뜻하고도 그리웠네
화반에는 보라색 안개 같은 꽃들이 멍울처럼 돋아났네

병풍 뒤에는
아직 눈을 감지 못한 사람의 눈물이 얼어 있었네
아직 만나지 못한 사람은 다시는 못 만날 눈물의 얼음
이었네

병풍 속의 아픈 감들은 공중에서 붉은 등을 켰네
어부 하나 가을 물고기를 연잎에 싸서 집으로 가고 있
었네
달을 바라보며 차를 다리는 사람은 귀양지에서 울었네

병풍 속의 대나무밭에는 첫눈이 내렸네
토끼를 입에 문 늑대가 눈 위를 걸어가는 사람의 뒤를
따라갔네
그 사람 등 뒤에도 죽은 꿩 하나 매달려 있었네

병풍 뒤에는 그 눈밭을 걸어갈 사람 하나
멍 든 발을 모으고 자고 있었네

병풍 앞에서 곡비哭婢가 울 때
가지 말라고 붙잡는 사람도 원 없이 잘 가시오, 보내는
사람도
그 사람이 두고 간 신발이 되었네
더 이상 같이 나서지 못하는 신발이 되어 가지런히 병
풍 앞에 놓여 있었네

　이 시는 화자가 넘나드는 경계를 '병풍'이라는 명확한 사물로 보여준다. 병풍 속의 그림으로 나타난 자연과, 병풍 뒤에 죽은 자, 병풍 앞의 산 자에 대한 묘사가 교차하며 나타난다. 세 개의 세계가 각각의 이야기와 사연을 품고 이어진다. 마지막에 남는 것은 죽은 자와 함께 가지 못하는 신발이다. 허수경의 시 속에서 사물들은 찰나의 순간 존재했던 것들을 증언한다.

　시인은 지금 우리와 같은 세계에 있지 않지만 그의 시들이 남아 그의 존재를 말해주고 있다. 나는 반짝이는 그의 조각 — 시 — 들을 품고 이 세계를 살아가고 싶다.

딸기

당신이 나에게 왔을 때 그때는 딸기의 계절
딸기들을 훔친 환한 봄빛 속에 든 잠이
익어갈 때 당신은 왔네

미안해요, 기다린 제 기척이 너무 시끄러웠지요?
제가 너무 살아 있는 척했지요?
이 봄, 핀 꽃이 너무나 오랫동안
당신의 발목을 잡고 있었어요

우리 아주 오래전부터
미끄러운 나비의 날갯짓에 익어가던 딸기처럼 살았지요
아주 영영 익어버린 봄빛처럼 살았지요

당신이 나에게로 왔을 때
시고도 달콤한 딸기의 계절
바람이 지나다가 붉은 그늘에 앉아 잠시 쉬던 시절

손 좀 내밀어
저 좀 받아주세요

푸른 잎 사이에서 땅으로 기어가며 익던 열매 같은
시간처럼 받아주세요

당신이 왔네
가방을 내려놓고 이마에 맺힌 땀을 닦네
저 수건, 태양이 짠 목화의 숨
작은 수건에 딸기물이 들 만한 저녁 하늘처럼
웃으며 당신이 딸기의 수줍은 방으로 들어와
불그레해지네 저 날숨만 한 마음속으로 지던
붉은 발걸음 하나

미안해, 이렇게 오라고 해서요
미안해, 제가 좀 늦었어요
한 소쿠리 가득한 딸기 속에 든
붉은 비운을 뒤적이는 빛의 손가락 같은 간지러움

당신이 오는 계절,
딸기들은 당신의 품에 얼굴을 묻고
영영 오지 않을 꿈의 입구를 그리워하는 계절

언제부터인가 메모장에 오랫동안 있던 시다. 나는 이 시의 주인도 모른 채, 침울한 감정이 들 때면 시의 딸기들을 훔쳐 달콤한 딸기의 계절에 누워 있곤 했다. "작은 수건에 딸기물이 들 만한 저녁 하늘처럼/웃으며 당신이 딸기의 수줍은 방으로 들어와/불그레해지네"라는 문장을 읽다 보면 묘하게 마음이 허공으로 둥둥 떠오른다. 붉은 비운을 뒤적이는 동안 비운은 비운이 아니게 되겠지. 내게는 아주 영영 익어가던 봄빛처럼, 딸기처럼 으깨지며 살던 순간이 있었지만 당신이 오는 계절은 빛의 간지러움으로 가득했지.

딸기

자두

　익은 속살에 어린 단맛은 꿈을 꾼다 어제 나는 너의 마음에 다녀왔다 너는 울다가 벽에 기대면서 어두운 걸레로 바닥을 닦았다 너의 얼굴에는 여름이 무참하게 익고 있었다 이렇게 사라져갈 여름은 해독할 수 없는 손금만큼 아렸다 쓰고도 아린 것들이 익어가면서 나오는 저 가루는 눈처럼 자두 속에서 내린다 자두 속에서 단 빙하기가 시작된다 한입 깨물었을 때 빙하기 한가운데에 꿈꾸는 여름이 잇속으로 들어왔다 이것은 말 이전에 시작된 여름이었다 여름의 영혼이었다 설탕으로 이루어진 영혼이라는 거울, 혹은 이름이었다 너를 실핏줄의 메일에게로 보냈다 그리고 다시 자두나무를 바라보았다 여름 저녁은 상형문자처럼 컴컴해졌다 울었다, 나는 너의 무덤이 내 가슴속에 돋아나는 걸 보며 어둑해졌다 그 뒤의 울음을 감당할 수 있는 것은 자두뿐이었다

『누구도 기억하지 않는 역에서』 2부에 실린 과일 시편들을 모두 좋아하지만 그중에도 「자두」의 아름다움은 각별하다. 시인이 그려낸 자두는 옛 울음의 기억, 열매 위에 희게 내려앉은 가루는 여름밤의 잔설 같다. 자두 속에서 휘몰아치는 폭설은 겨울에 잃어버렸던 영혼을 여름에 다시 재회한 꿈처럼 아득하다.

나를 포함한 많은 이의 성인 이씨에 쓰이는 한자 '오얏 이李'의 뜻이 자두나무인 것을 알았을 때 무척이나 자랑스러웠다. 이름 앞에 자두나무가 있어주어서 늦여름 저녁처럼 검붉게 물드는 비밀을 지닐 수 있다는 것이. "설탕으로 이루어진 영혼이라는 거울, 혹은 이름"을 가지고 살아갈 수 있다는 것이.

지금은 무성한 오얏의 시절. 무르익은 자두는 그야말로 무참한 여름의 얼굴을 닮았다. 크게 부딪힌 자리에 뿌리내린 멍의 빛깔처럼 뒤늦게 돋아나는 상처의 무덤이 있다. 품었던 마음을 못 이겨 안쪽부터 물크러지고 무너져 내리는 여름의 시름. 검은 봉지 밑으로 향기로

운 과즙이 뚝뚝 흐르는 끝물 자두의 엉망진창을 사랑한
다. 여름의 쓸쓸한 끝자리를 감당할 수 있는 것은 역시
자두뿐이니까. 다시 들여다보니 『누구도 기억하지 않
는 역에서』의 표지 색도 깊숙이 멍들어 달콤해진 자두
빛이 아닌가.

포도

너를 잊는 꿈을 꾼 날은
새벽에 꼭 잠을 깬다

어떤 틈이 밤과 새벽 사이에 있다

오늘은 무엇일까

저 열매들의 얼굴에 어린 빛이
너무 짧다, 싶을 만큼 지독한 날이다

너를 잊다가 안는 꿈을 꾼다
그 새벽에 깬다

잎의 손금을 부시도록 비추던 빛이
공중에서 짐짓 길을 잃는 척할 때

열매들이 올 거다
네가 잊힌 빛을 몰고 먼 처음처럼 올 거다

그래서 깬다
너를 잊고 세계가 다 저물어버린 꿈여관,

여기는 포도가 익어가는
밤과 새벽의 틈새

  시 속의 여름을 좋아한다. 빛이 하염없어서 어둠이
도드라지는 여름. 녹음綠陰의 그늘(陰)에 가까운 것들
엔 "너를 잊다가 안는 꿈"이 깃들기 좋다. 그런 꿈을 겪
은 적이 있다. 잊는 중에도 몸에 밴 대로 서로를 안았
다. "네가 잊힌 빛" 아래서도 포도는 익어서 "밤과 새
벽의 틈새", 희붐한 빛이 군데군데 묻어 있는 얼굴들과
둘러앉아 검은 열매를 나눠 먹었다. 너를 잊어 저문 세
계에서도 여름은 계속되고.

오렌지

우리의 팔은 서로에게 닿으면서 둥글어졌다 묘지 근처 교회당에서 울리던 종소리처럼 그곳에서 우리는 서로 안았다 우리의 검고도 둥근 시간, 그리고 그 옆에서 오렌지 나무 하나가 흔들거렸다

누가 오렌지 화분을 들고 왔어! 장례식에 이토록 잔인한 황금빛 우물을? 우리는 항의했다

너는 말했다,
"나는 오렌지를 좋아했으니까 오렌지 열리는 더운 나라로 가서 하얀 집의 창문가에 앉아 달이 떠오르는 바다를 깨물고 싶었으니까"

오렌지 나무는 아무 말 없이 녹빛 그늘의 눈을 우리에게 주었다 단단한 잎은 번쩍거렸다 나는 너에게 둥글게, 임신 말기의 여름에 열리던 아주 둥근 열매처럼 단 한번만 더 와달라고 말하려다 참았다

잘 가,라고 말하는 순간 깊숙한 고요는 얼마나 너를 안

고 빛의 아이를 낳고 싶어 하는가 나는 모른 체했다 그
것이 오렌지가 열리는 여름에 대한 예의였다 오렌지 안
으로 천천히 감기고 있는 너의 눈꺼풀을 나는 보았다

우리의 몸은 추상화가 아니었다 우리는 내일이라도
이 삶을 집어치우며 먼바다로 가서 검은 그늘로 살 수도
있었다 언제나 차마 그럴 수 없었다 몸은커녕 삶도 추상
화가 아니어서

몸속 황금빛 동굴에는 반달 같은 오렌지 조각이 깨어
져 있다 여린 껍질 속, 타원형 눈물들이 촘촘히 박혀 시
간의 마지막 빛 아래에서 글썽거렸다 우리는 여름 속에
들어온 푸름이 아니라 푸름의 울음이었다

잘 가, 언젠가 우리 다시 만난다면 어떤 춤을 추면서
너와 나는 둥글어질까, 여름의 장례식, 우리는 오래 나무
아래에 서 있었다 우리는 오렌지의 영혼을 팔에 안으며
혼자서 둥글어졌다 잘 가, 원점으로 어두워가던 너의 발
이여, 오렌지빛의 소풍이여

　다시 읽은 『누구도 기억하지 않는 역에서』는 쓸쓸하지만 발랄한 "오렌지" 시집이었다. 허수경 시인은 분명 "장례식"의 오렌지만큼 농담이나 춤이 (언제나 죽음을 목전에 둔) 삶에서 중요하다고 생각했던 게 틀림없다. "우리의 검고도 둥근 시간"을 놀리는 것만 같은 "오렌지 나무 하나가" 옆에서 "흔들거"리는 일. 그것이 잔인할 정도로 "황금빛"이라는 바로 그 점이 오히려 삶을 "춤"이요, "소풍"으로 만들고 만다고 그는 말하고 있었다.

　나는 이 경쾌한 체념에서 유머를 읽는다. 그리고 허수경 시인이 "누구도 기억하지 않는 역에서" 갑자기 "농담 한 송이"를 던지고 싶어진 이유를, 그러니까 갑자기 "딸기" "레몬" "포도" "수박" "자두" "오렌지" "호두" "오이" "포도메기" "목련" "라일락"과 같은 알록달록한 단어들을 말하고 싶어진 이유를 이해할 것만 같은 기분에 사로잡힌다. 나는 그중에서 「오렌지」를 고른다. 잔인할 정도로 아름답게 채색된 "둥근" 세상이야말로 삶의 가장 큰 농담이라고 말하는 시다. 농담이라는 게 지나치게 담백하면 쓸쓸하게 느껴질 수 있다고도.

호두

숲속에 떨어진 호두
한 알 주워서 반쪽으로 갈랐다
구글 맵조차 상상 못 한 길이 그 안에 있었다

아, 이 길은 이름도 마음도 없었다
다만 두 심방, 두 귀
반쪽으로 잘린 뇌의 신경선,
다만 그뿐이었다

지도에 있는 지명이
욕망의 표현이
가고 싶다거나 안고 싶다거나 울고 싶다거나, 하는
꿈의 욕망이
영혼을 욕망하는 속삭임이
안쓰러워

내가 그대 영혼 쪽으로 가는 기차를 그토록 타고 싶어
했던 것만은 울적하다오

욕망하면 가질 수 있는 욕망을 익히는 가을은 이 세계에 존재한 적이 없었을 게요 그런데도 그 기차만 생각하면 설레다가 아득해져서 울적했다오 미안하오

호두 속에 난 길을 깨뭅니다 오랫동안 입안에는 기름의 가을빛이 머뭅니다

내 혀는 가을의 살빛을 모두어 들이면서 말하네, 꼭 그대를 만나려고 호두 속을 들여다본 건 아니었다고

　호두를 짜개본다. 호두 알맹이를 가르는 심은 꼭 인간이 살고 있는 세계의 길 같다. 길은 여기와 저기를 연결한다. 그렇기에 길에는 여기가 아닌 어딘가, 지금이 아닌 언젠가를 꿈꾸는 인간의 욕망이 내재되어 있다. 욕망은 왜 생겨날까. 지금 여기, 현재에 어떤 결핍을 느끼기 때문일 것이다.

　이 아득한 건설 현장은 도시뿐만 아니라 마음 곳곳에도 자리 잡고 있다. 누군가를 사랑할 때 인간이 필연적으로 외로워질 수밖에 없는 이유를 시인은 알고 있다. "욕망하면 가질 수 있는 욕망"이란 이 결핍을 채우는 길일 테지만, 시인은 이해한다. 당신을 '욕망한다'라고 하지 않고 '사랑한다'라고 하는 까닭을, 내가 바라는 것은 당신 그리고 당신으로 인해 내 안에 떠오르는 결핍까지라는 사실을.

　내가 내 욕망과 결핍을 아는 순간 호두는 내 입안으로 들어와 "기름의 가을빛"으로 머문다. 그 순간 나는 충만해진다. '나'는 나를 사랑하게 된다. 당신에게 가닿고자 낸 길이 실은 나 스스로에게 가닿고자 낸 길이라는 것을 호두는 알고 시인은 느낀다.

　　　　　　　　　　　　　　　호두

죽음의 관광객

　한여름에 들른 도시에는 장례 행렬이 도자기를 굽는 집들이 있는 골목을 지나가고 있었다 하늘로는 도자기를 굽는 연기가 사막 쪽으로 올랐다 동쪽으로 넘어가려다 총 맞은 스물한 살 청년이라고 했다

　동쪽에는 지나가지 못하는 나라가 있고

　이 도시 사람들은 동쪽을 바라보며 희망은 맨 마지막에 죽는 것이라고 했다, 마지막이라는 것이 너무나 뜨거워 잡을 수가 없을 때 희망은 사라지는 것이라고 했다

　희망을 신뢰한 적은 없었으나 흠모하며 희망의 관광객으로 걸은 적은 있었지 별이 인간의 말인 희망을 긴 어둠의 터널 안에 가두고 먼지로 마셔버리는 것을 본 적도 있었지

　눈동자 색깔이 다른 고양이의 고향이라는 도시에서 택시기사에게 그 고양이를 본 적이 있느냐, 물어보았으나 그는 미쳤소, 하는 표정으로 숯불에 구운 닭이나 먹다

가시오,라고만 하더라

  그러다가 고양이 고기를 먹게 되는 건 아닐까, 만화 캐
릭터처럼 웃기게 생긴 고양이 기념물 앞에서 저건 사람
이 그린 동물일까 동물이 개어놓은 사람의 표정일까를
망설이는 동안 태양이 제 몸을 다 벗다가 슬그머니 어두
운 옷을 집어 입으며 사라지는데

  장례 행렬이 지나갈 때 남자들은 울면서 밤하늘을 향
하여 총을 쏘았고 하늘에 구멍이 뚫릴 때 청년이 아직
가슴에 피를 흘리며 우주의 난민이 되어 구멍 속으로 들
어가고 있었네

  동쪽에는 지나가지 못하는 나라가 있고

튀르키예는 세계 난민을 가장 많이 수용하는 나라로 알려져 있다. "눈동자 색깔이 다른 고양이의 고향"이라는 표현에서 튀르키예를 연상케 하는 이 시는 "동쪽으로 넘어가려다 총 맞은 스물한 살 청년"의 장례식으로부터 시작된다. 안전이 보장되는 국적의 여행자로서는 국경을 넘는다는 것이 낭만적인 일일 수 있지만, 이 시는 여행에서 마주한 현실이 결코 낭만화될 수 없으며 그 낭만이 은폐하는 폭력이 있다는 걸 밝힌다.

현실의 난민을 다루는 이 시에서, 국경을 넘다 총상으로 죽게 된 청년뿐 아니라 그의 장례식을 치러주는 "남자들"로부터 모두 비애감이 느껴진다. 안전한 나라에 들어갈 수 있으리라는 가느다란 "희망"을 가져야만 생존할 수 있는, 하지만 그 희망을 순진하게 믿을 수만은 없다고 미리 체념하면서 감행하는 움직임. '총성'은 하늘로 올려 보내는 절규와도 같은 편지이자 남은 자들이 죽은 청년을 부르는 초혼招魂 행위이다. "우주의 난민"으로 떠돌 그에게 보낼 수 있는 것은 이 같은 제의祭儀적 행위뿐이다. 커다란 하늘에 울렸다가 사라지는, 살상 무기로 만들어내는 이 소리는 영혼에 가닿는 노래를 부르려는 시인의 편지이기도 할 것이다.

목련

뭐 해요?
없는 길 보고 있어요

그럼 눈이 많이 시리겠어요
예, 눈이 시려설랑 없는 세계가 보일 지경이에요

없는 세계는 없고 그 뒤안에는
나비들이 장만한 한 보따리 날개의 안개만 남았네요

예, 여적 그러고 있어요
길도 나비 날개의 안개 속으로 그 보따리 속으로 사라
져버렸네요

한데
낮달의 말은 마음에 걸려 있어요
흰 손 위로 고여든 분홍의 고요 같아요

하냥
당신이 지면서 보낸 편지를 읽고 있어요

짧네요 편지, 그래서 섭섭하네요

예, 하지만 아직 본 적 없는 눈동자 같아서
이 절정의 오후는 떨리면서 칼이 되어가네요

뭐 해요?
예, 여적 그러고 있어요
목련, 가네요

강
혜
빈

　목련은 막 피려고 할 때 꽃잎 끝이 북쪽을 향해 '북향화'라는 이름이 붙기도 했다. 상대적으로 따뜻하며 약동하는 남향과 달리 북향은 볕이 들지 않는 죽음의 세계에 가깝다. 다시 돌아올 수 없는 공간으로 가기 전에, "한데" "하냥"이라는 두 단어가 내면에서 서성거리던 발걸음을 잠시 멈추게 한다. "뭐 해요?"라는 질문은 그 자체로 사랑을 가능하게 한다. "없는 길 보고 있"는 화자는 저쪽에 있는 깨달음의 세계, '피안'을 보고 있다. "없는 세계"가 눈이 시릴 정도로 보일 지경이 되어 잃어버린 시간 속의 '나'를 불러온다.

　"나비 날개의 안개 속으로" 길은 사라졌지만, "낮달의 말은 마음에 걸려 있"다. 낮에도 보이는 달은 잠시 동안 나타났다 사라지고, 짧은 편지를 읽고 난 섭섭함과 서두르는 봄의 목련처럼 사라진다. 달이, 사랑이, 목련이 정말 거기에 있었는지 스스로를 의심하게 한다. "여적 그러고 있"는 화자는 목련의 뒷모습을 본다. 보는 사람이 될 뿐이다. 다만 목련이 간다고 발화함으로써 목련은 거기에 있던 것이 된다. 목련잎은 하얗지만 힘이 가해지면 짓무르면서 검어진다. 검고 커다란 잎이 바닥에 우수수 떨어져 있는 걸 본 적이 있다. 이상하게도 몸의 한 부분이 떨어져 나간 것처럼 기묘하고 슬픈 기분이 들었다. 오랫동안 기른 머리카락을 한 움큼 잘라낸 것처럼. 준비도 없이 이별한 것처럼. 봄이, 분홍의 고요가, 절정의 오후가 지나가고 겨울이, 날카로운 칼이, 모호한 길이 펼쳐지는 사랑 아닌 순간들 가운데 이 시를 읽는다면, 사랑하는 이에게 "뭐 해요?" 하고 묻고 싶어질 것이다. 그리고 분명, 대답을 듣고 싶어질 것이다. 여적 그러고 있는지.

내 손을 잡아줄래요?

어느 날 보았습니다

먼 나라의 실험실에서 생의학자가 내가 가진 인간에
대한 기억을 쥐가 가진 쥐의 기억 안에 집어넣는 것을

나와 쥐는 이제 기억의 공동체입니다 하긴 쥐와 나는
같은 별에서 오랫동안 함께 살았습니다

사랑을 할 때 어떤 손금으로 상대방을 안는지 우리는
아주 오랫동안 생각했지요 쥐의 당신과 나의 당신은 어
쩌면 같은 물음을 우리에게 던질지도 모르겠습니다

내 손을 잡아줄래요?

피하지 말고 피하지 말고

그냥 아무 말 없이 잡아주시면 됩니다

쥐의 당신이 언젠가 떠났다가 불쑥 돌아와서는 먼 대
륙에서 거대한 목재처럼 번식하는 고사리에 대해서 말
을 할 때

나의 당신은 시간이 사라져버린 그리고 재즈의 흐느
낌만 남은 박물관에 대해서 말할지도 모릅니다

쥐의 당신이 이제 아무도 부르지 않는 유행가를 부르며 가을 강가를 서성일 때
　나의 당신은 이 계절, 어떤 독약을 먹으며 시간을 완성할지 곰곰히 생각합니다

　푸른 별에는 당신의 눈동자를 가진 쥐가 산다고 나는 말했지요, 당신, 나와 쥐의 공동체를, 신화는 실험실에서 완성되는 이 불우한 사정을 말할 때

　내 손을 잡아줄래요?
　피하지 말고 피하지 말고
　내가 왜 당신을 사랑할 수밖에 없는지
　그 막연함도 들어볼래요?

　이건 불행이라고, 중얼거리면
　모든 음악이 전쟁의 손으로 우리를 안아주는 그런 슬픈 이야기가 아닙니다
　이건 사랑이라고, 중얼거리면
　모든 음악이 검은빛으로 변하는 그런 처참한 이야기도 아닙니다

　다만 손을 잡아달라는 간절한 몸의 부탁일 뿐입니다
　내가 하지 않으면 내 기억을 가진 쥐가 당신에게 말할지도 모릅니다
　내 손을 잡아줄래요?

어느 날 내 기억을 가진 쥐가 나타난다면 어떻게 해야 할까. 나는 내 기억을 가진 쥐를 쫓거나 쥐덫을 놓을 수 있을까. 나는 나고 쥐는 쥐이지만 우리는 기억을 공유하는 사이인데? 같은 기억을 가지고 쥐는 쥐의 당신을 나는 나의 당신을 만난다. 이 묘하고 풀리지 않는 사각관계는 6연에 들어서 더욱 복잡해진다. 나는 당신에게 이 사태를 불행이라고 단정하지도, 처참한 사랑 이야기라고 각색하지도 말고, 그저 간절한 몸의 부탁으로 받아달라고 한다. 나는「내 손을 잡아줄래요?」가 허수경 시 세계의 자장 안에서 의외로운 작품이라고 생각한다. '오랜 시간'과 '지금'을 겹친 공간을 펼쳐 보이는 시들을 읽던 중, 이 시가 불쑥 '지금'의 편을 들어주려 한다는 느낌을 받았기 때문이다.

나의 당신과 쥐의 당신은 같은 사람일까? 나는 이 시를 읽으면 다급해진다. 이 다급함은 로맨틱하기보단 쓸쓸한 쪽에 가깝다. 나는 고백을 할 수밖에 없다. 내 기억을 가진 쥐가 언제 생길지 모르기 때문이다. 쥐가 고백하는 것보다 내가 고백하는 게 낫지 않아? 이런 작은 엄살을 늘어놓으면서.

차
호
지

　새벽녘 집으로 돌아가는 길에 커다란 쥐를 봤다. 차
도와 인도 사이, 관목들을 육면체 모양으로 깎아둔 화
단의 흙이 파헤쳐져 있었다. 쥐는 전신주 바로 옆에 우
두커니 서서 내 쪽을 보다가 무성한 관목들 너머로 사
라져갔다. 나는 거의 매일 그 길을 지나갔지만 그렇게
커다란 쥐를 본 건 처음이었다. 나는 걷다 말고 멈춰
서서 쥐가 있던 자리를 살폈다. 평소에는 종량제 봉투
며 스티커가 붙은 폐기물 들이 전신주에 기대어 있었
는데 그날은 아무것도 없었다. 아무것도 없는 자리에
구멍이 있었다. 구멍은 내 머리만 했다. 나는 그 구멍
을 들여다봤다. 멀리서 쓰레기차 소리가 들렸다. 비가
오려는지 안개 낀 것처럼 공기가 무겁고 바람도 불지
않아서 소리가 잘 울렸다. 나는 내 까만 손바닥을 들여
다보았다. 어떤 굳은 부분들은 갈수록 연해지는 것만
같았다.

　　　　　　　　　　　　　　　　내 손을 잡아줄래요?

우산을 만지작거리며

　우산을 만지작거리며 아무 데도 가지 않았다 삶과 연애 중이라고 생각하라고 심리상담사는 말했다 우산을 만지작거리며 나가볼까 생각한다 생계를 위해서라면 나가야 한다고 생각한다

　먹는 것보다 자는 것이 중요하다고 심리상담사는 말했다 사는 것보다 죽는 것이 더 중요하다고 말했더라면 이해할 수 있었을 것이다 나는 가끔 심리상담사를 죽이는 꿈을 꾸다가 그가 내 얼굴을 달고 있는 장면에서 꼭 잠을 깬다 내 얼굴을 향하여 내가 칼을 들이밀고 있었으므로

　그때 그 어느 날 심리상담사에게 죽은 허 씨에게,라고 시작되는 편지를 보여주지 말아야 했다 얼어 죽은 국회에게,라는 편지도 맞아 죽은 은행에게, 우주로 납치된 악몽에게, 달에 있는 나의 거대한 저택에게,라고 시작되는 편지도 어떤 편지도, 아니 내가 끊임없이 편지를 쓰는 식물이라고 고백하지 않는 편이 나았다

나는 동물의 말을 하는 식물입니다

나는 희망의 말을 하는 신입니다

나는 유곽의 말을 하는 관공서입니다

나는 시계의 말을 하는 시간입니다

나는 개가 꾸는 꿈입니다

등등의 고백도 하지 않는 편이 나았다

하지만 고백하고 말았다(물론 나는 그걸 강제된 고백이라고 부르고 싶기는 하다) 나라는 나쁜 인간을 방어할 무기가 나에게는 필요하다 나를 공허하게 버려줄 무기가 너에게는 필요하다

우산을 만지작거리며 오늘 오후에 있는 그와의 약속을 생각한다 불투명한 유리가 끼워진 대기실도 대기실에 붙여둔 자살 위험이 있는 사람들의 일곱 가지 특징에 대해서도 내가 읽어보면 그들은 다 살지 못해서 안달한 사람인데 심리상담사의 꼬임 혹은 그의 인턴이 건네주던 하얀 줄이 박힌 푸른 사탕 때문에 나처럼 고백을 한 사람들일 뿐인데

우산을 만지작거리며

나는 웃는다 울 일이 없어서 심란한 아이 같다

　만났던 사람들은 이해할 수 없는 말을 했다. 나도 그
랬다.

　이해받고 싶어서 말을 참지 못했다. 왜 행동했는지,
왜 선택했는지, 왜 선택하지 않았는지, 성격은 어쩌다
가 나쁜지…… 변명하는 데 많은 시간을 들였다.

　시간은 돈보다 귀했다. 차라리 돈을 들여야 했다. 돈
이 있으면 친절한 전문가를 불러다 앉혀놓고 말할 수
있었다. 삶이랑 연애하기 싫다고, 안 헤어질 거면서 투
정을 부려도 되었다. 턱의 찢어진 흉터와 마요네즈를
안 먹는 이유에 대해서도 말할 수 있었다. 지하철역 화
장실에 버린 인생네컷과 중학교 선생이 나를 무릎 꿇린
일에 대해서까지 말할 수 있었다. 그래도 다 말하지는
않았다. 그가 이해할 수 없다고 생각하는 것이 두려웠
다. "동물의 말을 하는 식물"을, "유곽의 말을 하는 관
공서"를, 나라는 나쁜 인간을.

아끼는 우산은 되도록 들고 나가지 않는다. 이름도 기억나지 않는 가게나 두 번 다시 타지 않을 버스에 두고 올까 봐, 혹은 자신의 우산으로 착각한 누군가가 들고 가버릴까 봐 그렇다. 마찬가지로, 가장 밑에 있는 마음은 말하지 않으려고 한다. 나 같은 사람을 아주 많이 본 심리 상담사에게도, 오래된 친구에게도. 너무나 살고 싶은 나를 죽지 못해 안달 난 사람으로 오해할까 봐 그렇다. 그럼에도 하지 않는 편이 나았을 고백을 계속하게 된다. 싸구려 박하사탕 한 알에 자꾸만 밑바닥까지 전부 떠벌리는 나를 뒤늦게 발견한다. 지나치게 많은 고백을 하고 난 후에는 생각한다. 우산은 비를 맞아야 우산이니까, 가끔은 들고 나가도 괜찮다고. 어떤 마음은 잃어버려도 어쩔 수 없으며 누군가가 나를 오해하더라도 아무 상관 없다고.

우산을 만지작거리며

우리 브레멘으로 가는 거야

우리 브레멘으로 가는 거야
죽음을 당하기 전에
브레멘으로 가면 뭐가 있을지 아무도 모르지만
그곳에 가면 음악대에 들어갈 수는 있다고
늙은 나귀가 말했지

브레멘이라고 들어봤어?
그곳은 어디에 있나?
그곳이 있기는 하나?

더 이상 죽음 없이 견딜 수 있는 흰 시간은 오지 못할걸
이 세계에서 빛이 가장 많은 곳에
가장 차가운 햇빛은 떨어지고
죽음보다 조금은 나은 일들이 그곳에서 우리를 기다
리고 있다네

우리 브레멘으로 가는 거야
이 세계에는 없는 곳으로 가는 거야
나귀와 개, 고양이와 수탉이 되어

주야장천 붉은 음악에 몸을 흔들면서
없는 곳을 찾아가는 여행을 하다가

도둑의 집 그 심장 속에서
음악을 허겁지겁 집어 먹으며
물어보는 거야
아니, 브레멘이라는 곳은 도대체
있는 거요, 없는 거요

　브레멘에 가고 싶다. 브레멘으로 가면 뭐가 있을지 아무도 모르지만. 브레멘이라는 곳이 있는지 없는지조차 알 수 없지만. 브레멘에 가고 싶다고 말할 때, 브레멘은 존재하는 브레멘인가? 존재하지 않는 브레멘인가? 죽음보다 조금은 나은 일들이 그곳에서 우리를 기다리고 있다면, 브레멘은 죽고 난 뒤에 갈 수 있는 곳인지도 모른다. 우리 브레멘으로 가는 거야. 죽음을 당하기 전에 죽음 너머로, 나와 내 친구들이 모여 노래할 수 있는 곳으로 가는 거야.

가짓빛 추억, 고아

관이 나가는 날, 할머니가 눈감을 때까지 불렀던 사위, 이모부는 돌아왔다 할머니가 사 주었다던 바지, 일찍 온 저녁처럼 무릎께가 너덜거리는 그 바지를 입고

오른팔을 잃은 이모부는 밭 가장자리에 쪼그리고 앉아 보랏빛 뭉치를 하나 따서는 우적우적 씹었지

거리에서 잃은 팔을 먹어치우는 것처럼 빛은 세월의 칼로 철없이 우리의 혀를 동강 내었다

어느 날 슬플 때 빛은 무자비했나 어느 날 욕정에 잡힐 때 빛은 아련했나 어느 날 기쁠 때 가지는 사라져서 빛은 뼈 속으로 혼곤하게 스며들었나 그 뒤에 돋아나는 빛은 자지러지게 우는 갓 태어난 아이를 닮으며 사무치게 널 안았나

도둑질을 하듯 몰래 살았다는 느낌이 목구멍까지 꽉 차오를 때 가지로만 입속에 머물던 빛, 그 빛의 혀를 지금 내가 적는다면

가지라는 불투명한 평화
보랏빛이라는 폭력
어떤 삶이라도 단 한 빛으로 모둘 수 없어서 투명해진
날개

이모부는 빛 속에서 사라지고 그 여름, 침묵하는 빛의
혀만 나부끼는 그림 속, 가짓빛은 텅 비었네 가짓빛 추억
은 고아가 되었네

　이모부만 그런가. 사람들을 가만 보면, 자기 삶을 사는 사람들을 보면, (함부로 사람을 판단하지 말아야 하는데) 자신을 우걱우걱 씹으며 한 생을 살아가는 것 같다. 뭐 드세요, 아니 왜 사세요, 하고 물어보면 뒤돌아 자기가 먹고 있는 자신을 보여줄 것 같다. 그래서 잘 안 묻게 된다. 식사를 방해하지 않으려 입을 꾹 닫는다. 나도 누군가에게 그렇게 보일까. 한 번은 내 진짜 모습을 마주하고 싶다. 내 빛깔은 뭔가요, 그때 무슨 마음이었어요, 하고 묻고 싶어도 이모부는 없다. 혀가 동강 난 것이다. 대신 갈라진 틈 사이로 빛의 혀가 무수히 쏟아진다.

　　　　　　　　　　　　　　　　가짓빛 추억, 고아

함께한 시인들

강혜빈

2016년 문학과사회
신인문학상으로 작품 활동을
시작했다. 시집 『밤의 팔레트』
『미래는 허밍을 한다』가 있다.

고민형

2022년 시집 『엄청난 속도로
사랑하는』으로 작품 활동을
시작했다.

구현우

2014년 문학동네신인상으로
작품 활동을 시작했다. 시집
『나의 9월은 너의 3월』『모든
에필로그가 나를 본다』가 있다.

김뉘연

시집 『모눈 지우개』『문서 없는
제목』이 있다.

김리윤

2019년 문학과사회
신인문학상으로 작품 활동을
시작했다. 시집 『투명도 혼합
공간』이 있다.

김복희

2015년 『한국일보』 신춘문예로
작품 활동을 시작했다. 시집 『내가
사랑하는 나의 새 인간』『희망은
사랑을 한다』『스미기에 좋지』가
있다.

김선오

2020년 시집 『나이트 사커』로
작품 활동을 시작했다. 시집
『나이트 사커』『세트장』이 있다.

김소형

2010년 작가세계 신인상으로
작품 활동을 시작했다. 시집
『ㅅㅜㅍ』『좋은 곳에 갈
거예요』가 있다.

김승일

2009년 『현대문학』으로
작품 활동을 시작했다. 시집
『에듀케이션』『여기까지
인용하세요』『항상 조금 추운
극장』이 있다.

김연덕

2018년 대산대학문학상으로 작품
활동을 시작했다. 시집 『재와
사랑의 미래』가 있다.

김유림

2016년 『현대시학』으로 작품

활동을 시작했다. 시집『양방향』
『세 개 이상의 모형』『별세계』가
있다.

김지민
2020년『현대문학』으로 작품
활동을 시작했다.

문보영
2016년 중앙신인문학상으로 작품
활동을 시작했다. 시집『책기둥』
『배틀그라운드』『모래비가
내리는 모래 서점』이 있다.

박세미
2014년『서울신문』신춘문예로
작품 활동을 시작했다. 시집『내가
나일 확률』이 있다.

박은지
2018년『서울신문』신춘문예로
작품 활동을 시작했다. 시집
『여름 상설 공연』이 있다.

박지일
2020년『경향신문』신춘문예로
작품 활동을 시작했다. 시집
『립싱크 하이웨이』가 있다.

배수연
2013년『시인수첩』으로 작품
활동을 시작했다. 시집『조이와의

키스』『가장 나다운 거짓말』
『쥐와 굴』이 있다.

배시은
2017년『베개』로 작품 활동을
시작했다. 시집『소공포』가 있다.

백은선
2012년 문학과사회
신인문학상으로 작품 활동을
시작했다. 시집『가능세계』
『아무도 기억하지 못하는
장면들로 만들어진 필름』
『도움받는 기분』『상자를 열지
않는 사람』이 있다.

변혜지
2021년『세계일보』신춘문예로
작품 활동을 시작했다.

서윤후
2009년『현대시』로 작품 활동을
시작했다. 시집『어느 누구의 모든
동생』『휴가저택』『소소소小小小』
『무한한 밤 홀로 미러볼 켜네』가
있다.

신원경
2023년 문학과사회
신인문학상으로 작품 활동을
시작했다.

신이인

2021년 『한국일보』 신춘문예로
작품 활동을 시작했다. 시집
『검은 머리 짐승 사전』이 있다.

안미린

2012년 『세계의 문학』
신인상으로 작품 활동을
시작했다. 시집 『빛이 아닌
결론을 찢는』 『눈부신 디테일의
유령론』이 있다.

안미옥

2012년 『동아일보』 신춘문예로
작품 활동을 시작했다. 시집 『온』
『힌트 없음』 『저는 많이 보고
있어요』가 있다.

안태운

2014년 문예중앙 신인문학상으로
작품 활동을 시작했다.
시집 『감은 눈이 내 얼굴을』
『산책하는 사람에게』가 있다

안희연

2012년 창비신인시인상으로
작품 활동을 시작했다. 시집
『너의 슬픔이 끼어들 때』
『밤이라고 부르는 것들 속에는』
『여름 언덕에서 배운 것』이 있다.

양송이

2023년 문학과사회
신인문학상으로 작품 활동을
시작했다.

여세실

2021년 『현대문학』으로 작품
활동을 시작했다. 시집
『휴일에 하는 용서』가 있다.

오은경

2017년 『현대문학』으로 작품
활동을 시작했다. 시집 『한 사람의
불확실』 『산책 소설』이 있다.

유계영

2010년 『현대문학』으로 작품
활동을 시작했다. 시집
『온갖 것들의 낮』 『이제는
순수를 말할 수 있을 것 같다』
『이런 얘기는 좀 어지러운가』
『지금부터는 나의 입장』이 있다.

유선혜

2022년 『현대문학』으로
작품 활동을 시작했다.

윤은성

2017년 문학과사회
신인문학상으로 작품 활동을
시작했다. 시집 『주소를 쥐고』가
있다.

윤지양
2017년 『한국일보』 신춘문예로
작품 활동을 시작했다.
시집 『스키드』가 있다.

윤혜지
2021년 『경향신문』 신춘문예로
작품 활동을 시작했다.

이기리
2020년 김수영 문학상으로 작품
활동을 시작했다. 시집 『그 웃음을
나도 좋아해』 『젖은 풍경은 잘
말리기』가 있다.

이다희
2017년 『경향신문』 신춘문예로
작품 활동을 시작했다.
시집 『시 창작 스터디』가 있다.

이린아
2018년 『조선일보』 신춘문예로
작품 활동을 시작했다.

이설빈
2014년 문학과사회
신인문학상으로 작품 활동을
시작했다. 시집 『울타리의
노래』가 있다.

이소호
2014년 『현대시』로 작품 활동을

시작했다. 시집 『캣콜링』
『불온하고 불완전한 편지』
『홈 스위트 홈』이 있다.

이자켓
2019년 대산대학문학상으로 작품
활동을 시작했다. 시집 『거침없이
내성적인』이 있다.

이혜미
2006년 『중앙일보』
신인문학상으로 작품 활동을
시작했다. 시집 『보라의 바깥』
『뜻밖의 바닐라』 『빛의 자격을
얻어』 『흉터 쿠키』가 있다.

임유영
2020년 문학동네신인상으로
작품 활동을 시작했다.

임지은
2015년 문학과사회
신인문학상으로 작품 활동을
시작했다. 시집 『무구함과
소보로』 『때때로 캥거루』가 있다.

장미도
2020년 문학과사회
신인문학상으로 작품 활동을
시작했다.

장수진

2012년 문학과사회
신인문학상으로 작품 활동을
시작했다. 시집 『사랑은 우르르
꿀꿀』 『그러나 러브스토리』가
있다.

정재율

2019년 『현대문학』으로 작품
활동을 시작했다. 시집
『몸과 마음을 산뜻하게』~
『온다는 믿음』이 있다.

조시현

2019년 현대시 신인상으로
작품 활동을 시작했다. 시집
『아이들 타임』이 있다.

조용우

2019년 중앙신인문학상으로
작품 활동을 시작했다. 시집
『세컨드핸드』가 있다.

조해주

2019년 시집 『우리 다른 이야기
하자』로 작품 활동을 시작했다.
시집 『우리 다른 이야기 하자』
『가벼운 선물』이 있다.

주민현

2017년 『한국경제』 신춘문예로
작품 활동을 시작했다.

시집 『퀼트, 그리고 퀼트』
『멀리 가는 느낌이 좋아』가 있다.

주하림

2009년 창비신인시인상으로
작품 활동을 시작했다. 시집
『비벌리힐스의 포르노 배우와
유령들』 『여름 키코』가 있다.

차현준

2022년 문학과사회
신인문학상으로 작품 활동을
시작했다.

차호지

2021년 문학과사회
신인문학상으로 작품 활동을
시작했다.

최재원

2021년 김수영 문학상으로 작품
활동을 시작했다. 시집 『나랑 하고
시픈게 뭐에여?』가 있다.

최지은

2017년 창비신인시인상으로 작품
활동을 시작했다. 시집 『봄밤이
끝나가요, 때마침 시는 너무
짧고요』가 있다.

허수경許秀卿

한국   1964~1992

1964 6월 9일, 경상남도 진주에서 태어남.

1964~1986 진주여고를 졸업하고 경상대학교 국어국문학과를 마칠
        때까지 진주에서 성장. 대학 졸업 후 상경해 봉천동에서 지냄.
        이후 방송국 스크립터 등으로 일하며 이태원, 원당, 광화문
        일대에서 거주.

1987 『실천문학』에 「땡볕」 외 4편의 시를 발표하며 작품 활동을 시작.

1988 첫번째 시집 『슬픔만 한 거름이 어디 있으랴』(실천문학사) 출간.

1991 1989년 결성한 '21세기전망' 동인에 합류.

1992 두번째 시집 『혼자 가는 먼 집』(문학과지성사) 출간.

독일   1992~2018

1992 독일 유학길에 오름. 1년간 어학연수를 마치고
        마르부르크대학에서 선사 고고학을 공부하며 학업을 시작.
        이후 뮌스터대학으로 자리를 옮겨 고대 근동 고고학으로
        박사학위를 받음.

1994 동화 『가로미와 늘메 이야기』(한양출판) 출간.

1996 장편소설 『모래도시』(문학동네) 출간.

2001 세번째 시집 『내 영혼은 오래되었으나』(창비) 출간.
        제14회 동서문학상 수상.

2003 산문집 『길모퉁이의 중국식당』(문학동네) 출간.
        카트린 마이어(글)·아네테 블라이(그림)의 그림책
        『슬픈 란돌린』(문학동네), 미하엘 엔데의 판타지 소설
        『끝없는 이야기』(비룡소) 번역 출간.

2005 네번째 시집 『청동의 시간 감자의 시간』(문학과지성사),

산문집 『모래도시를 찾아서』(현대문학) 출간.
뮌스터대학 교수 르네 디트만과 결혼.

2008 동화 『마루호리의 비밀』(파랑새) 출간. 막심 빌러의 짧은
소설 『사랑하기 위한 일곱 번의 시도』(학고재) 번역 출간.

2010 『슬픔만 한 거름이 어디 있으랴』 개정판(실천문학사) 출간.

2011 다섯번째 시집 『빌어먹을, 차가운 심장』,
장편소설 『아틀란티스야, 잘 가』『박하』(이상 문학동네) 출간.
작고 전 마지막으로 고향 진주에 다녀감.

2015 산문집 『너 없이 걸었다』(난다) 출간. 그림 형제의 동화 『그림
형제 동화집』(허밍버드) 번역 출간.

2016 여섯번째 시집 『누구도 기억하지 않는 역에서』(문학과지성사)
출간. 제6회 전숙희문학상 수상.

2017 한영 대역 시선집 『허수경 시선』(지영실·다니엘 토드 파커
옮김, 아시아) 출간.

2018 제15회 이육사시문학상 수상. 산문집 『그대는 할말을 어디에
두고 왔는가』(『길모퉁이의 중국식당』 개정판, 난다) 출간.
10월 3일, 향년 54세에 위암 말기로 투병 중 세상을 떠남.
10월 27일, 독일 발트프리덴 호르스트마르—알스트 35번지에서
수목장으로 장례를 치름.
11월 20일, 북한산 중흥사에서 49재를 지냄. 같은 날, 장편소설
『모래도시』 개정판(문학동네), 산문집 『나는 발굴지에
있었다』(『모래도시를 찾아서』 개정판, 난다) 출간.

2019~현재

2019 유고집 『가기 전에 쓰는 글들』(난다) 출간.

2020 유고집 『오늘의 착각』『사랑을 나는 너에게서 배웠는데』(이상
난다) 출간. 파울 첼란의 시집 『파울 첼란 전집』(문학동네)
1, 2권 번역 출간.

2021 동화 『가로미와 늘메 이야기』 개정판(난다) 출간 .

2022 『내 영혼은 오래되었으나』 개정판(문학동네) 출간. 파울 첼란의
시집 『파울 첼란 전집』(문학동네) 3, 4, 5권 번역 출간.